D1641484

FREIER
FALL

HIRNKOST

Während ein Astronaut einsam und allein durch die Unendlichkeit des Weltalls treibt, kämpft eine einsame Ameise ohne den Rückhalt ihres Stammes durchs Leben, und ein zurückgezogen lebender Mann reflektiert seine lebenslange Suche nach etwas, das ihm immer wieder aus den Fingern gleitet.

Ein nachdenklicher Roman über das Leben, über Liebe, Einsamkeit, Hoffnung und über das unvermeidliche Ende, das uns alle trifft.

Hans Jürgen Kugler, geboren 1957. Studium der Philosophie und Germanistik in Freiburg. Autor und Journalist. 2001: SF-Roman *Godcula oder die Harmonie der Insekten*. 2005: Komödie *Aus dem Staub*, verschiedene Inszenierungen, Mahnke-Theaterverlag. 2010: Komödie *Ganz wie daheim*, Reinehr-Verlag. 2015: *Von Aftersteg bis Zipfeldobel – Kuriose Ortsnamen in Südbaden*, Silberburg-Verlag. 2016: *Alles klar, Herr Kommissar?* (mit Ute Wehrle), Silberburg. 2021: SF-Roman *Von Zeit zu Zeit*, Verlag p.machinery. Wiederholt ausgezeichnet beim Wissenschaftler-und-Journalisten-Wettbewerb »Hauptsache Biologie«. Veröffentlichungen in EXODUS-Magazin, PHANTASTISCHE MINIATUREN und in verschiedenen Anthologien. 2020/2021: Gemeinsam mit René Moreau Herausgeber der SF-Anthologien *Der Grüne Planet*, *Pandemie* und *Macht & Wort* (ausgezeichnet mit dem Kurd Laßwitz Preis 2022).

HANS JÜRGEN KUGLER

FREIER FALL

Originalausgabe

© Hans Jürgen Kugler

Copyright der Originalausgabe
© 2022, Hirnkost KG, Lahnstraße 25, 12055 Berlin
prverlag@hirnkost.de
http://www.hirnkost.de/

Alle Rechte vorbehalten
1. Auflage Juni 2022

Vertrieb für den Buchhandel:

Runge Verlagsauslieferung; *msr@rungeva.de*

Privatkunden und Mailorder:

https://shop.hirnkost.de/

Cover- und Innenillustration: Mario Franke

Cover- und Innengestaltung: benSwerk

Lektorat: Melanie Wylutzki

Druck: Druck und Werte, Leipzig

ISBN:

PRINT: 978-3-949452-46-8

PDF: 978-3-949452-48-2

EPUB: 978-3-949452-47-5

Hirnkost versteht sich als engagierter Verlag für engagierte Literatur.

Wir drucken nicht nur

Dieses Buch gibt es auch als E-Book – bei allen Anbietern und für alle Formate.

Unsere Bücher kann man auch abonnieren: *https://shop.hirnkost.de*

Geborgen

PHASE I
BIS
PHASE VI

DAVOR

Davor war Nichts
und

aus Nichts kommt nichts
kommt Nichts
kommt nichts

– bis zum Ende

Endlich –
nach unendlich vielen Unendlichkeiten
da Alles noch Nichts war
bleibt nichts
wie es ist

Nichts
hält es nicht aus
nichts zu sein – und wird

– ein Sehnen –
ein Sehnen nach Sein …

… der Rest ist Geschichte.

PHASE I –
BEG*INNEN*

Das All –
endlose Abwesenheit
von allem

Tiefes Dunkel
Nirgendwo

– Licht
nadelstichfein, ungreifbar fern,
kaum wahrnehmbares Aufglimmen
in infiniter Finsternis

Schwereloses Schweben im Dunkel. Keine Nacht, kein Tag, noch
nicht einmal Zeit. Kein Außen, kein Innen … wo? Hier, jetzt,
und – warm? Nicht warm. Auch nicht kalt: *temperatura* – ausge-
glichen. Warmkalt. Oder auch: lau. Außen wie innen. Geborgen.
Lichtlos, schwerelos, fühllos. Ein Organ unter Organen. Ganz
im Verborgenen. Wunderbares Reich der Finsternis, wo kein
Auge nötig ist, noch Atem oder Mund. Und vielleicht: Ewigkeit.
Zumindest Ewigkeit im Augenblick, erfülltes, wunschloses
Augenblicksglück. Ja, Glück, Zufriedenheit – dieser beseligende
Zustand, nach dem es sich das künftige Leben hindurch immer
sehnen wird, ein durchdringendes Glück fern aller Betäubung
und Träumerei, der wünschbare Zielpunkt aller menschlichen
Existenz. Dieses bewusstlose Dasein, umströmt von lebendigen, warm schmeichelnden Quellen, gesättigt, eingenistet in
zartes, empfangsbereites Gewebe – *Schlaffötus*.

Wenn es seiner bewusst wäre, wüsste es, dass es nicht allein ist. Denn da nimmt noch dieses Gebilde Platz (Plazenta nennt man es auch, wird es später einmal erfahren), das gemeinsam mit ihm in dieser organischen Höhle existiert, es nährt und seinen Stoffwechsel reguliert, gewissermaßen die materielle Repräsentation all seiner Bedürfnisse. Die konkrete Manifestation dessen, was es braucht; was es nur ahnen, vielleicht auch riechen und schmecken kann, das es aber niemals sehen, nie begreifen – wovon es niemals etwas wissen wird.

Aber das Fehlen dieses Organs, seines organischen Schattens: Das wird es fühlen – seine Abwesenheit – immer. Die entsetzliche Leere, die sein Fehlen hinterlassen hat, wird sich ihm als eine unerfüllbare Sehnsucht eingeschrieben haben, wird es beharrlich daran erinnern, dass sein Leben niemals vollständig sein wird, nie, zu keinem Zeitpunkt, noch nicht einmal und zuletzt in seinem Tod.

Vielleicht spürt es ja außerhalb seiner Grenzen doch die Anwesenheit dieses Anderen, diese verborgene organische Masse, lebendig wie es selbst, unsichtbar keimend, ein ursprünglicher Schatten wie ein protoplasmatisches Echo seiner selbst. Ein Wesen – An-Wesen – Anwesenheit.

Noch aber kennt es weder Drinnen noch Draußen, nicht Ich, nicht Nicht-Ich, kein Anderes, sondern nur Welt, Wärme, Wasser – ein Wesen: sich selbst. Einheit, abgeschlossen und zirkulär, ruhend und in sich geschlossen – Organismus.

Anwesend und vollkommen in seiner Unvollkommenheit. Und:
Es wird, und es will kommen – *Willkommen!*

»Nichts grausamer als eine Geburt!«
– seine erste Lektion.

Aber dabei bleibt es nicht, denn sonst blieben wir alle, woher
wir kamen – und damit zurück. Einmal in die Welt getreten,
gibt es nur einen Weg: Hinaus! Die Richtung schon festgelegt.
Der Weg alles Lebendigen führt von innen nach außen, eine
Expansion aus einem Punkt heraus in das Unendliche. Dasein
vor der Geburt spielt sich verborgen geborgen in der leiblichen
Höhle unserer Mutter ab, einer warmen, elastischen Innenwelt,
umhüllt von Dunkel, Schlaf und Stille. Ein Zustand vollkommenen Glücks, in dem jedes Bedürfnis, kaum dass es entstan-
den ist, auch schon gestillt wird. Homöostase des Begehrens.

Paradiese sind stets nur Übergangsstation, Transit auf dem
Weg in die Welt. Denn die Zeit kommt, unausweichlich, die
unseren Auswurf in die Außenwelt mit unwiderstehlichem
Druck einläuten wird. Wenn sich unsere warme, sanft schattige
Höhle in einen engen, atemraubenden Kanal, in eine dunkle,
einengende Röhre verwandelt, die drückt und zwängt und uns
unwiderstehlich nach außen drängt. Schon sickert Licht wie ein
helles Gift in die immer beklemmendere Höhlenwelt, scharfe,
hallige Laute dringen von außen in die sonst nur von Herzschlag und pulsierendem Blut klingende Brutkammer. Keiner
wird gefragt, ob er geboren werden will, aber zur Welt kommt
schließlich jeder, tot oder lebendig ...

Angekommen – Angenommen

AnGefangen

Tief im All, verloren im Nichts – Licht!
Etwas. Und etwas, das Licht reflektiert.
So weit im Dunkel, so hell im Dunkel.

In der Finsternis glommen schwach ein paar Kontrollleuchten; tiefrote Glut unter der Asche eines erloschenen Feuers. In regelmäßigen Abständen konnte man ein tieffrequentes Brummen vernehmen, wenn man ganz genau hinhörte. Ansonsten aber herrschte absolute Stille. Stille und Dunkelheit, ein traumloser Schlaf ...

Der allerdings von einer ganzen Phalanx hoch empfindlicher Sensoren permanent überwacht wurde. Vierfach gesicherte Systeme registrierten jeden einzelnen Herzschlag, zählten jedes einzelne Blutkörperchen, das durch seine Adern floss, zeichneten jeden noch so geringfügigen synaptischen Impuls auf, werteten Atemvolumen und Zusammensetzung der Abluft aus, maßen den elektrischen Widerstand der Haut ... Theoretisch hätte nichts schiefgehen können. Außer der Theorie.

In den Kammern zwei bis acht flackerten die Kontrollleuchten kurz auf. Sofort jagte ein stiller Alarm durch das Schiff. Notsysteme wurden hochgefahren, innerhalb weniger Nanosekunden pumpten die Kompressoren frischen Sauerstoff in zusammengesackte Lungen, kreislaufstabilisierende Medikamente wurden injiziert. Alle Systeme meldeten, dass die sofortige Reanimation als letzte Option unabdingbar geworden war. SIE zögerte noch.

Draußen! Die kahlen Wände, das grelle Licht, schockgefrorenes Sonnenfeuer, eine vereiste, erstarrte Explosion, kalt, tödlich, abweisend. Der weite, leere Raum, jedes Geräusch unerträglicher Lärm … Die Kälte! Diese eisige, bittere Kälte, die von überallher ins Fleisch schneidet! Er fühlte sich ausgestoßen, seinem innersten Leib entbunden – ein scharfer, schneller Schmerz unterhalb des Bauches. Blut. Viel Blut.

Da war er nun. War es das? Diese Frage stellte er sich naturgemäß nicht, er konnte sie gar nicht stellen. Dennoch stellt sich diese Frage – denn *jeder wird von ihr gestellt.*

Lichtpunkt. Silbern schimmernd – nein:
Gleißend!
Gefrorenes Licht.
Jäh blitzende Helligkeit, die das Auge blendet.
LICHT!

Er war angekommen in dieser Welt! Obwohl er sich dessen noch keineswegs bewusst war, schrie er instinktiv erst einmal aus Leibeskräften.

Ausgestoßen
Abgetrennt, abgeschnitten
Amputiert wie ein krankes Glied

Und damit sollte er auch recht behalten. Denn es war wirklich zum Schreien und Davonlaufen. Aber genau dies konnte er nicht, der Gang in das Leben ist letztlich eine Einbahnstraße. Also schreien! Er bewies in kürzester Zeit ein meisterhaftes Talent in dieser Disziplin. Er schrie, wann immer er einen Grund dafür fand. Er schrie auch, wenn er eigentlich keinen Grund dazu hatte. Das war noch schöner. Er mochte seine Stimme. Er mochte den tief in ihm anschwellenden Ton, die Geburt eines Schreies heraus aus seinem Körper. Die Welt existierte, um von ihm angeschrien zu werden. »Aaahh!« Und: »Aahhh!« Und nochmals.

Mit seinem Gebrüll war er in der Lage, die Welt zu verändern. Auf sein Zeichen hin gab sie ihm zu trinken, ernährte ihn. Gab ihm Wärme und Zufriedenheit. Dieses satte Gefühl, wenn sich sein Mund um dieses warme, weiche Fleisch legte! Er würde seine Lippen um diesen zarten, knusprigen Zipfel stülpen ... und dann dieser warme, lebendige Strom, der in seinem Innern anschwoll! *Trinken! Trinken!*

Er schrie.

Trinken! TRINKEN!

Nichts. Seine Stimme verhallte in unaussprechbarer Leere. Er schrie und schrie.

Nichts.

Als ob die Welt weggebrochen wäre. Er schrie und schrie.

Unerhört.

Schreien ist lautes Ausatmen, Schreien bedeutet Leben. Am Anfang ist der Schrei, am Ende das Verstummen.

Dies schien er früh schon kapiert zu haben, ein instinktives, intuitives Wissen vom Lauf der Welt, das ihm mit seiner Geburt an die Hand gegeben wurde. Zu schreien schien ihm die einzig angemessene Art zu sein, sich der Welt gegenüber zu äußern: laut, durchdringend, vernehmbar. Sein Schreien war Schmerz und Triumph zugleich. »Wie du mir, so ich dir!«, tat er der Welt mit seinem Gebrüll kund, und: »Wir sind uns innige Feinde, wir werden eine Weile miteinander auskommen müssen.«

Noch schlief er. Bewusstloses Dahindämmern in todesähnlicher Starre. SIE wachte über ihn, hielt alle Ressourcen im Gleichgewicht, hielt ihn am Leben. Vorläufig. Wog anhand der verfügbaren Daten die anwendbaren Optionen ab, ordnete valide Wahrscheinlichkeiten zu. Optimierte die erzielten Ergebnisse zu einem harmonischen Schwingungsmuster homöostatischen Gleichmuts. Absolut rational. Oder vollkommen gleichgültig.

PHASE II – *WACHSEN*

Einer fragt sich:

»Wie weise ich den Menschen den Weg zu mir?«

Ein anderer:

»Wie finde ich den Weg zum Menschen?«

Beide sind auf dem Holzweg.

Die absolute Stille.
Der leere Raum.
Stiller Raum. Stilleerraum.

Man hatte ihn nicht gestillt. Das erfuhr er irgendwann später einmal, so ganz nebenbei, und das auch nur, weil er nie danach gefragt hatte. Ungestillt bis an den heutigen Tag blieb auch seine Sehnsucht danach, und er würde es bis in seine entfernteste Zukunft hin sein, wie er nur zu deutlich wusste.

Wenn es das nur wäre! Ein wenig verweigerte Milch ganz zu Anfang seines jungen Lebens. Nur ein wenig nicht verabreichte Lebenskraft.

Er konnte seiner Mutter keinen Vorwurf daraus machen, sie hatte es nicht in böswilliger Absicht getan. Mehr so aus Versehen. Weil es so Mode war. Weil es hygienischer war, wie es damals hieß. Und auf Hygiene hatte man in diesen Tagen sehr viel Wert gelegt. Ein Überbleibsel aus dem gerade überstandenen Krieg, in welchem es von Hygienikern nur so wimmelte. Rassenhygiene. Denn man hatte in dieser finsteren Zeit panische Angst und noch viel mehr rasende Wut auf alles mögliche »Ungeziefer«, wie sie es nannten: Juden, Zigeuner, Russen, Kommunisten; im Grunde auf die ganze übrige Welt. Die sie damals auch fast ganz zugrunde gerichtet hatten. Auch deshalb gab es für ihn keine Milch. Aus hygienischen Gründen. Schließlich sollte da ein rundum gesundes Kind heranwachsen in einer rundum runderneuerten Welt.

»Wirtschaftswachstum« hieß das Zauberwort damals. Und das nahm sein Vater sehr persönlich und sehr wortwörtlich. Denn auch er hatte Durst. Großen Durst. Unstillbaren, großen Durst. Und unstillbaren, großen Hass. Seltsamerweise auf ihn. Wohl weil er Fleisch von seinem Fleisch war; und dieser Tatsache wollte er sich einfach nicht beugen. So einen großen Durst hatte er.

Eine kalte Stille,
nackter Raum.

Seine Eltern hatten sich nicht geliebt. Lieber bauten sie ein Haus. Ein Hasshaus. Darin führten sie ihren Krieg. Und er bekam die Kollateralschäden ab. Und war noch stolz darauf, wuchs er doch an seinen Wunden.

Es wäre leichter zu ertragen gewesen, wenn er einen Grund für die unablässigen Attacken hätte erkennen können. Ständig machte er sich Vorwürfe. Eine innere Stimme, die unablässig gehässig auf ihn einhämmerte: Du bist selber und überhaupt an allem schuld. Diesen inneren Krieg konnte er nicht gewinnen, war er doch sein eigener Feind. Eben: selber schuld.

Eingekauert in seinem innersten Schlupfwinkel saß die Angst. Ein furchtbares, gefräßiges Ungeheuer, das ihn auf Schritt und Tritt schon begleitete,

Der Angst entwächst alles Leben solange er nur denken
Ihr Atem durchzittert die Welt konnte. Er vermied es, an
Ihr Grund ist das Nichts sie denken zu müssen,

aber er konnte es nicht verhindern, dass er ihre drohende All-
gegenwart bei allem, was er tat und dachte, zu spüren bekam.
Diese Angst war ebenso ein Teil seines Lebens, ja, seiner selbst,
wie es seine Augen, seine Ohren, seine Hände und Füße waren.
Er konnte sich ein Leben ohne diese Angst gar nicht vorstellen, wie denn auch? Nicht einmal in seinen Träumen. Ganz
im Gegenteil, denn in seinen Träumen war ihm diese Angst
gegenwärtiger denn je. In seinen Träumen bekam seine Angst
manchmal sogar ein Gesicht, eine Art von zähnefletschender,
geifertriefender, starren Maske, aus deren drohendem dunklen
Inneren unaufhörlich ein furchtbarer Schrei zu ihm drang, ein
grelles, tiefes Grollen, schrill, bedrohlich zischend und machtvoll, überaus machtvoll. Er musste dabei stets an einen Vulkan-
ausbruch denken.

Am Ende der Welt: Er war so voller ängstlichem Hass, dass er die
Welt am liebsten am Ende gesehen hätte – eine leere, endlose
Wüste, ohne Häuser, ohne Städte, ohne Menschen.

Menschen-los.

Allein mit der Welt
Weltallein

Absoluter Nullpunkt.
Kälter geht es nicht.
Kälter als der Tod.

Er fror. Seine Zähne führten ein Eigenleben. Klapperten eifrig drauflos in kältestarrendem Rhythmus, waren nicht zu bändigen, allenfalls um den Preis des eigenen Lebens.

Es war kalt. Eiseskalt und noch viel kälter; eigentlich schon jenseits des Ertragbaren. Aber was wusste er schon davon, was er ertragen konnte. Was er würde ertragen können, was er noch würde ertragen müssen.

Gierige Kälte. Die Kälte der Gier, dieses alles verschlingende nächtliche Dunkel. Nachts. Nichts.

Sein Körper verkroch sich in sich selbst. Seltsam verkrümmt wie ein Embryo. Eine nachgeburtliche Kältestarre.

Um ihn herum aber gab es keinen Schnee und auch kein Eis. Er lag auf einer frühlingsduftenden blühenden Wiese, und es war beinah sommerlich warm. Aber ihm war so kalt, als ob er nackt und verloren in einen Eissturm geraten wäre. Die Rezeptoren seiner Haut schienen die Wärme nicht an sein Gehirn weiterleiten zu wollen, die von den ihn umflutenden Sonnenstrahlen herrührten. Nichts konnte ihn wärmen, am allerwenigsten diese Sonne. Ihre Strahlen gerieten ihm zu kalten, glitzernden Speeren aus Eis, die ihn durchbohrten.

Das eisige Licht dieses Nachmittags, dachte er. *Eislicht, hart, spröde und tödlich.* Er verkroch sich in der Kälte; die Kälte verkroch sich in ihm.

Keine Luft! Nichts fürchtete er mehr, als aus irgendeinem Grund keine Luft mehr zu bekommen.

Ich werde niemals tauchen können, dachte er belustigt. Schon allein die Vorstellung, sich mit einem stählernen Sarg voll flüssiger Luft auf dem Rücken in die Tiefe zu stürzen und womöglich nie wieder aufsteigen zu können, nahm ihm den Atem.

Atemlos lauschte er seinen Gedanken. Atemlos losatmen. Aufatmen … Nichts als Luft. Nichts? Nichts.

Weil er nicht mitspielen wollte, wurde ihm mitgespielt. Und zwar übel. So lange, bis er nicht mehr mitspielen durfte, selbst wenn er noch gewollt hätte. Jeder kleine Schulhoftyrann suchte sich ihn zum Opfer, die kleinen Barbaren peinigten ihn, wo sie nur konnten. Er war unfähig, sich zu wehren. Zuerst wollte er nicht, dann konnte er nicht mehr, die Meute war schon längst über ihm. Seine Angst wuchs ins Unermessliche. Etwas starb damals in ihm, willenlos und resigniert suchte er sein Heil in der Flucht.

Verstoßen! Weil er gegen ihre Regeln verstoßen hatte.

Als ihn der erste Schlag traf, war er zu Tode erschrocken. Er krümmte sich. Er bekam den zweiten Schlag. Er zerbrach nicht. Dann kam der dritte Schlag, er versuchte auszuweichen. Der vierte Hieb traf ihn umso härter. Der fünfte, der sechste brachten schon nichts Neues mehr. Dann kam der siebente Schlag, der hatte ihn fast zu Boden gerissen. Der achte Schlag ging daneben. Tatsächlich. Jeder machte mal Fehler. Der neunte Hieb riss ihm die erste Wunde, Blut floss. Danach kam der harte zehnte Schlag. Der elfte, der noch härter ausfiel. So ging es bis zum fünfzehnten. Danach kam eine Pause, nicht lange. Sein Peiniger war wohl erschöpft. Umso härter fielen dann die nächsten Schläge aus. Der neunzehnte riss ihn endgültig zu Boden, sodass der zwanzigste bis dreißigste auf seinen gekrümmten Leib einprasselten wie das Hämmern einer Maschine. Der einunddreißigste Schlag ging wieder daneben, sein Peiniger taumelte. Im Versuch, das Gleichgewicht wieder-zufinden, versetzte er ihm den zweiunddreißigsten Hieb. Der dreiunddreißigste traf schon gezielter. Für die Schläge vier-unddreißig bis sechsunddreißig nahm er noch einmal all seine Kräfte zusammen, jeder Aufprall geriet etwas fester. Doch der siebenunddreißigste und der achtunddreißigste Hieb ver-dienten ihren Namen nicht mehr, sie hätten unter anderen Umständen fast schon als ein kameradschaftliches Knuffen gelten können. Der neununddreißigste Schlag endlich war nur noch zärtliche Berührung. Er erwartete den vierzigsten. Er kam nicht. So hatte er zählen gelernt.

Der Instinktsicherheit, mit der sie in ihm immer wieder nur das Opfer erkannten, war er hilflos ausgeliefert, egal, was er tat oder unterließ. Er bekam stets die Prügel ab, die gerade er nicht verdient hatte. Eines Tages beschloss er, niemals wieder ein Opfer für irgendjemanden sein zu wollen – und wurde folgerichtig ein Opfer seiner selbst. Er zog sich von allen zurück, ließ sich auf niemanden mehr ein, wurde ein rechter Einsiedler. Er verkroch sich in Selbstmitleid, wurde zu der Wunde, die ihm geschlagen. Man hätte mit seinem Beispiel locker eine neue Religion begründen können.

Um nicht länger Sklave zu sein, machte er sich zum Narren. So wurde er zum Sklaven eines Narren.

Daran wuchs er, dass ihn alle Welt kleinhalten wollte.

Eine Woche in völliger Einsamkeit, eine Woche nur unter Menschen – in diesem Rhythmus lernte er die Einsamkeit und die Menschen kennen.

Aber was wusste er damals schon von den Menschen? Was er von ihnen wusste, wusste er von denen, die er kannte. Und die wussten nichts, kannten nichts von der Welt und verstanden einander nicht.

Sie waren alle gleich, deshalb fürchteten sie jegliche Art der Gleichmacherei. Sie glaubten an die Relationen; sie brauchten immer einen Kleinen, um sich groß fühlen zu können; gerade die kleinsten Zwerge unter ihnen setzten alles daran, ihn noch unter ihr Niveau zu ziehen. Darin waren sie groß. Er hatte keine Kräfte gegen sie, ließ sich unterkriegen. Er tauchte ab in seine eigene Welt, immer weiter hinab, nur weg von ihnen. So lernte er die Tiefe kennen.

Lichtpunkt, ausgestanzt aus dem Nichts;
Lichtstrahl, der sich in die Leere frisst …
Dahinter, darunter, im Ursprung
– der Kern allen Lichts:

Das Schiff.
Hülle im All. Kaltes Metall. Aluminium. ALL-um…
Eine winzige Welt außerhalb aller Welt.

Länge = 110 Meter
Breite = 80 Meter
Höhe = 33 Meter
Gewicht = 450 Tonnen

Stolz und großartigste Errungenschaft der Menschheit.
Kostbar, fragil – und verloren.

Das Gehirn, eingezwängt in seine beinerne Kapsel, muss klaustrophobisch sein. Es erträgt die Welt nur unter dem sicheren Panzer der Schädeldecke; lediglich Sensoren sind es, Fühler der Wahrnehmung, die es mit der übrigen Welt verbinden, vergleichbar einem zurückgezogen, einsam lebenden Menschen, der mit der übrigen Welt nur noch durch die hellen Schatten seines Fernsehapparats in Verbindung tritt.

Das Gehirn, eingepfercht durch die Schädeldecke; die milliardenfach sich windenden Neuronen, im Dunkel das Blitzen der Gedanken. Dieses Gehirn, eingemauert auf so unvorstellbar winzigen Raum, erträumt sich dennoch die ganze

Unendlichkeit des Universums, möchte zu jedem beliebigen Zeitpunkt an jedem Ort des Kosmos sein, Raum und Zeit als Illusionen einer dimensional beschränkten Vorstellungskraft auf einen imaginären nichtexistenten Punkt zusammenschrumpfen lassen. Dieses Gehirn denkt sich die Welt, und begreift sich doch noch nicht einmal selbst, eingesperrt in seinem klaustrophobischen Kerker.

Gedanken perlen von schwarzem Nachtmarmor in die entriegelten Kammern der Träume. Sterne, aufglühend im Dunkel, die verlöschen im Licht.

Es hatte Tage gegeben, da hatte er sich so durchlässig – verletzbar und zerbrechlich – gefühlt, dass er keine anderen Menschen ertragen konnte. Deren bloße körperliche Präsenz ängstigte ihn schon. Er fühlte sich in ihrer Gegenwart wie ein körperloses Traumwesen, das beim zartesten Windhauch, unter dem geringsten Blick zu Nichts zerstob.

Aber gerade an solchen Tagen hielt er es zu Hause nicht aus, er konnte seine eigene Gegenwart nicht ertragen. Er floh dann am liebsten hinaus in die Natur. Auf kahle Berge zog es ihn, er träumte von weiten, luftigen Eisflächen, die er doch nie würde erreichen können, von kahlen Wüsten, nackter Geometrie des Sandes; alles erschien ihm besser als diese krude Mischexistenz aus Dasein und Vergessen.

Marmorträume, die Vergessen vergessen machen. Weißblühende Blitze, das Dunkel für Augenblicke vernichtend; schälen die kalte Haut der Nacht und offenbaren die Leere, die dahinter schläft. Die Nacht ist der Traum, das Vergessen die Dunkelheit, und der Gedanke die andere Form des Nichts.

Weiter Raum. Ferne.
Sterne.

Indem er in die Welt hinaustrat, fand er auch den Weg zu ihr. Hier war Weite, Offenheit, reine Luft; dort draußen gab es Möglichkeiten, Wirklichkeiten, von denen er in seinem Kerker nicht einmal zu träumen gewagt hatte. Denn »zu Hause« war er gefangen, eingesperrt in den Hass seiner Eltern und zu Boden gedrückt von den Deformationen, die von diesem täglichen Überlebenskampf herrührten. Wenn er nicht zugrunde gehen wollte, musste er gehen; das wurde ihm in dem Moment klar, als er sich entschlossen hatte, nicht mehr zurückzukommen. Er ging und blieb weg.

Wenn er ging, ging es ihm gut. Er wollte nicht noch bitterer werden. Jeder einzelne Schritt führte ihn fort von seinen düsteren Gedanken. Er konnte so den ganzen Tag hindurch weiterwandern, kaum einen Blick für die Landschaft, bis ihm seine Füße den Dienst versagten. Er schöpfte Kraft aus der Erschöpfung. Denn so fand er einen Grund, wieder aufbrechen zu können. Ankommen wollte er nirgends.

Er fand es einfacher, in einem fremden Land heimisch zu werden als bei einem anderen Menschen. Ein Land stand jedem offen, der es betreten wollte. Man brauchte nur eine Fahrkarte zu lösen und dort hinzufahren, wo immer man hinwollte. Mit etwas Glück wurde man an seinem Ziel sogar erwartet. Gewiss, es gab auch noch streng abgegrenzte, gefährliche Länder, zu denen einem der Zutritt verwehrt wurde. Aber das waren Ausnahmen, Relikte einer vergangenen Zeit, von denen hier nicht die Rede ist. Ohnehin wurden diese abweisenden, schroffen und abgezirkelten Länder immer weniger. Denn keines wollte mehr für sich allein sein, alle strebten sie nach Anschluss an diese eine große, weite Welt. Die Menschen darin natürlich auch, aber, wie schon gesagt, er zog es vor, sich mit fremden Ländern vertraut zu machen, nicht mit den Menschen darin. Immerhin, er hatte die Wahl.

Man muss nur wollen, wurde ihm gesagt. Dann könne man alles erreichen. Das stimmt schon. Aber nicht ganz.

Wollen hatte er schon wollen – ehrlich, leidenschaftlich und mit aller ihm zur Verfügung stehenden Kraft –, daran lag es nicht. Man hatte *ihn* nicht gewollt, darin lag das Problem. Nur zu wollen, ist nur die halbe Wahrheit. Man muss auch gewollt werden, sonst hilft alles Wollen nichts. Beispiele? Die Liebe! Man kann eine Frau lieben wie nur irgendein Mann, leidenschaftlich bis zum Exzess, bis zur Selbstaufgabe – wenn aber die Frau partout nicht will, hilft alles Wollen nichts. Es lässt sich nicht herbeizwingen, komme, was da wolle. Wer weiß das nicht? (Der wäre ein glücklicher Ignorant.) Wer will, kann wollen, was er will, er wird deshalb noch lange nicht gewollt. Wollen wir wetten?

Es war einmal eine Ameise, die hatte keinen sehnlicheren Wunsch, als genau so zu sein wie alle anderen Ameisen auch. Ist doch kein Problem, denkt man, schließlich gibt es im gesamten Tierreich wohl kein Tier, das sich selbst so sehr zu gleichen vermag wie eine Ameise der anderen.

Aber bei dieser Ameise gab es dennoch ein kleines Problem. Diese eine Ameise, eine von 1 234 567 anderen Ameisen, war doch ein ameisenklein wenig anders als alle anderen. Nur wusste sie das nicht, und wenn sie es gewusst hätte, sie hätte es nicht geglaubt. Aber die anderen Ameisen wussten es dafür umso besser. Deren Ameiseninstinkt nämlich ist absolut untrüglich, und dieser sagte ihnen: Diese eine da – die ist keine von uns, die ist anders als wir, was hat sie hier zu suchen?

Das sollte sie bald zu spüren bekommen. Sosehr sie sich auch anstrengte, zu sein wie alle anderen, alle anderen wollten sie einfach nicht so haben wie all die anderen. Sie folgte den anderen brav auf ihren Straßen, um nach Beute zu suchen, sie half bei der Fütterung und Betreuung der Larven, wo immer es ging, manchmal durfte sie sogar bei der Pflege der Königin mithelfen, aber es half alles nichts, die anderen wollten nichts von ihr wissen, im besten Falle ignorierten sie sie einfach.

Eines Tages nun sah eine der jüngeren Arbeiterinnen ihre Chance gekommen. Diese Ameise brannte seit dem Tag, an dem sie in der Brutkammer geschlüpft war, darauf, endlich einmal ihren Platz bei den Wärterinnen der Königin einnehmen zu können. Dazu war ihr jedes Mittel recht, und da kam ihr eine solche Außenseiterameise wie die unsere wie gerufen. In einem günstigen Augenblick stahl sich jene machtgierige Karrieristin in die Eikammer der Königin und ritzte mit ihren Mandibeln ein paar der frisch gelegten Eier an, die noch nicht von der Luft ausgehärtet waren und deshalb schnell zerfielen. Kaum hatte sie diesen heimtückischen Anschlag auf ihrer aller Nachkommenschaft vollzogen, stürmte sie ameisenflink mit wild gestikulierenden Fühlern zu ihrer Königin, um sie an den Ort des Verbrechens zu führen. Zufällig, sagte sie, zufällig sei sie gerade in der Eikammer vorbeigekommen und hätte ihren Facettenaugen kaum trauen können, so entsetzlich sei gewesen, wovon sie Zeuge geworden war. Es sei ihr unerklärlich, wie eine Ameise zu so etwas fähig sein konnte, aber sie habe genau gesehen, wie diese eine »Mitschwester« da – sie wies mit ihren Fühlern auf die Außenseiterin – mit ihren Mandibeln diese Eier angeritzt hätte.

So plump dieser Betrug auch eingefädelt war – er funktionierte! Was bei Ameisen ja nicht weiter verwundern mag. Ohne auch nur die geringsten Zweifel an der Aufrichtigkeit dieser Denunziantin zu haben und ohne die so schwer Beschuldigte überhaupt erst zu Wort kommen zu lassen, rief die empörte Königin sofort ihre Wachen herbei und ließ die Beschuldigte festnehmen. Ihr erster Impuls war es, sie auf der Stelle hinrichten zu lassen, aber das Ausmaß dieses Verbrechens ließ es ihr angezeigt sein, eine noch weit härtere Strafe für die Delinquentin zu verhängen: Die Verbannung!

»Werft sie hinaus!«, befahl sie den Wachen. »Und wenn sie je wieder in die Nähe des Nestes kommt, dann tötet sie auf der Stelle.«

Die Fühler der jungen Denunziantin zitterten vor Triumph, obgleich sie es eigentlich lieber gesehen hätte, wenn die

Königin ihr Opfer gleich hingerichtet hätte. Aber sie verstand die Königin: Was für eine Strafe! Der Tod schreckte Ameisen nicht, aber die Verbannung ... Ausgestoßen aus der Gemeinschaft war eine Ameise verloren. Das Kollektiv ist alles, und alles ist nichts ohne das Kollektiv. Nicht mehr Teil des großen Ganzen zu sein, sondern nur noch ein winziges, verfemtes Partikelchen, das schutzlos tausend Gefahren ausgeliefert ist, nicht mehr länger in der Geborgenheit der Gemeinschaft aufgehoben zu sein, allein ...! Ihr schauderte. Fast hätte ihr das Opfer leidgetan. Aber natürlich nur fast.

Die Königin, die immer noch vor Zorn bebte angesichts dieses unglaublichen Frevels, beschloss, ein Exempel zu statuieren. Sie hatte gerade alle Ameisen ihres Volkes zu einer außerordentlichen Ameisenversammlung zusammengerufen, um ihren Untertaninnen die Gründe für ihr Urteil darzulegen, da kam ein kleiner Junge des Weges und hob mit einem Spaten die Gehwegplatte an, unter der das Ameisenvolk seinen Bau angelegt hatte. Weil der Junge gerade nichts Besseres zu tun hatte und immer schon mal sehen wollte, wie das so ist, wenn man ein ganzes Volk vernichtet, goss er aus dem Kanister, den er aus des Vaters Werkstatt »entliehen« hatte, ein wenig Benzin in das Gewirr der Ameisengänge, riss ein Streichholz an und warf es hinein.

WUSCH! Und aus war's mit dem Ameisenstaat. Alle, alle kamen in den Flammen um, verbrannten und erstickten oder wurden von Benzin vergiftet. Der Junge betrachtete hingebungsvoll das Massaker, das er angerichtet hatte, und ging wieder zufrieden seines Weges.

Und unsere kleine Außenseiterin? Sie war letzten Endes die Einzige, die diesen kleinen Gartengenozid überlebt hatte und damit endgültig heimatlos geworden war. Aber sie hatte überlebt. Wünschen wir ihr auch weiterhin viel Glück auf ihrem weiteren Lebensweg.

Und die *Moral von der Geschicht:* Keine Katastrophe ist je so schlimm, dass man ihr nicht doch etwas Gutes abgewinnen könnte.

Oder: Wer nicht hören will, muss fühlen.

Oder: Wer nicht gewollt wird, wird irgendwann auch nicht mehr wollen.

Er dagegen *hatte* gewollt, aber er *wurde* nicht gewollt. So einfach war das. Haben versus Sein. Weil nicht will, wer schon hat, was er will. Das Wollen allein vermag vielleicht Berge zu versetzen – aber doch nur aus dem einen Grund, dass ein Berg dem Willen eines Menschen nichts entgegenzusetzen hat. Der stärkste Widerstand, der sich dem eigenen Wollen entgegenstemmt, ist der Wille eines anderen; desjenigen, der eben nicht will, was man will. Das elementare Einmaleins jedes Konflikts.

»Wer nicht hören will, muss fühlen«, sagte der Erziehungsberechtigte und knallte ihm eine. Das spürt er immer noch. Diese Spuren waren auch das Einzige, was er hinterließ. Weil er nicht spurte, prügelte er auf ihn ein. Er war ein schlechter Vater, das war ihm eine gute Lehre.

Er ist trotzdem kein Schläger geworden, kein Schlächter und auch nicht besser als alle anderen. Ist einfach so geworden, für sich. Spuren hinterließ das nicht. Jedenfalls keine bleibenden. Eher Schritte im Sand, die der Wind verweht.

Er hasste die Menschen. Nicht weil er bösartig gewesen wäre. Ganz im Gegenteil. Er konnte keinem Menschen etwas zuleide tun. Sein Hass war nicht heiß genug, seine Wut ohne Glut, seine Leidenschaften nicht lebendig genug, um seine Gefühle nach außen zu richten. Also richteten sie ihn. Und er richtete die Menschen. Richtig?

»Du hast deinen Hass in mich gepflanzt und hasst jetzt deinen Hass in mir«, schleuderte er ihm entgegen. »Nein, falsch: Du liebst ihn, du liebst es zu hassen. Ich habe keine Angst vor dir. Nicht mehr. Das ist der Vorteil, wenn man hasst – Hass vertreibt die Furcht. Macht blind vor der Angst, wo man zuvor blind vor Angst war. Der Grund allen Hasses ist die Angst vor der Angst.«

Man sah es ihm nicht an, aber im Grunde seines Herzens war er ein Kämpfer, ein leidenschaftlicher, einsamer Kämpfer. Stark. Mutig, unerbittlich; einer, der niemals aufgab. Aber er kämpfte nie gegen andere. Er konnte nur für sich kämpfen. Jemand anderen niederzuzwingen erschien ihm unwürdig. Er fürchtete die Demütigung des Sieges. Andere konnte man vielleicht fertigmachen, aber nur er selbst vermochte es, über sich zu siegen. Er wusste ja genau: Früher oder später würden sie an ihren billigen Triumphen zugrunde gehen. Er würde gewinnen, auch ohne zu kämpfen. Aber der Preis für seine Unbezwingbarkeit war hoch – er musste allein sein. Allein hatte er nichts zu verlieren, nur sich selbst. Und das war vielleicht sein geheimes Ziel.

Was musste er gelitten haben, dass er solch ein Narr geworden war! Ausgelacht. Ausgeweint.

Ausgestoßen.

Er war noch nicht erwachsen, da fühlte er sich schon am Ende. Die Höhen, die er erklommen hatte, waren zu hoch, die Abgründe zu tief gewesen. Was dazwischen lag, hatte er in seiner Hast überhaupt nicht wahrgenommen. Er konnte ja nicht ahnen, dass er den Weg noch gar nicht beschritten hatte.

Der Blick von den grünen Hügeln seiner Welt löste ihm für Augenblicke die Klammer, die ihn gepackt hielt. Sein Atem weitete sich in der kühlen Luft, seine Augen sogen gierig die Farben des Frühlings tief in sein dunkles Schattenreich; er verspürte große Lust, seine Stimme zu erheben und zu singen.

Einzig von hier oben erschien ihm die Welt als ein friedliebender Hort, als ein kostbares Geschenk, das den Menschen gemacht worden war. Von hier oben aber ermaß er auch den ungeheuren Verlust, den er erlitten hatte: Da lag sie vor ihm, ein kostbar ausgebreiteter grüner Teppich, sinnbetörend, verlockend, hingegeben seinen Blicken und Sehnsüchten.

Er erhob sich.

Mit offenen Armen stand er da – und dann wieder mit leeren Händen. Er hatte es versäumt, zuzugreifen.

Er war häufig unzufrieden, weil er so leicht zufriedenzustellen war. Denn natürlich hätte auch er gerne mehr gehabt, als er bekommen konnte. Aber ihm fehlten die Hartnäckigkeit und die Unverfrorenheit, es sich einfach zu nehmen. So nahm er stets nur, was er sich nicht zu nehmen brauchte.

Geschenkt!

Einmal träumte er, dass seine Eingeweide ihm aus dem Bauch sprießen wie fahle Pilzfäden, höher und höher in die schwarze Nacht emporrankten, in eine Welt außerhalb aller Welt, wo sie sich irgendwo unsichtbar verankerten und ihn hinaufzogen in die endlose Dunkelheit, bis er sich selbst aus den Augen verlor.

Irgendwann glomm tiefrotes Licht herauf. Die Wirklichkeit sickerte wie vergossenes Blut allmählich in seinen traumlosen Schlaf. Er erschrak fast zu Tode, als ihm schlagartig bewusst wurde, dass er wach war.

Sein größtes Verlangen war es, wieder einzugehen in das, was er verloren hatte. Er mochte wieder zusammenschrumpfen zu einem winzigen Punkt vollkommenen Glücks, tief verborgen in der warmen Bruthöhle seiner Mutter. Unerträglicher Gedanke, dass der Verlust endgültig war. Dann lieber dämmersüchtig eingehen, verschmelzen mit der Sehnsucht, die die

Gedärme zerfrisst. Aber das Leben ist eine Einbahnstraße, es gibt kein Zurück. Verlorene Zeit, Verlorenem nachzutrauern.

Allein. Überlebt als Einziger. Keine Zeit für Trauer.

Der Anfang war gemacht. Alles Weitere würde sich ergeben, mit oder ohne sein Zutun. Ihm oblag lediglich, eine Richtung vorzugeben. Immer geradeaus! Vorwärts, und vergessen, was war. Lieber blind seinem Herzen folgen, als verzagt auf der Stelle treten und dem Anfang schon zu Beginn ein Ende setzen. Er würde sich treiben lassen, wovon auch immer. Getrieben und umhergeworfen in der Welt, das erschien ihm allemal befriedigender als ein durch Bausparprämien abgesichertes Veröden und Verblöden auf ein und derselben Stelle. Wenn er nur noch stur und sicher auf eingefahrenen Gleisen vorwärtskommen wollte, könnte er ja immer noch Straßenbahnfahrer werden, überlegte er trotzig. Dafür fühlte er sich noch nicht alt genug, mag da kommen, was da wolle. Und so kam es dazu, dass er genau dort strandete, wo er am allerwenigsten hinwollte.

Geschwindigkeit 117 000 Stundenkilometer. Das Schiff schrumpft zu einem winzigen Punkt. Der Intervallimpuls des letzten Ortungsfeuers: ein kurzes Aufflackern im Nichts – dann nur noch Finsternis, fünfundvierzig Milliarden Lichtjahre Dunkelheit und Leere, fünfundvierzig Milliarden Lichtjahre Unendlichkeit.

PHASE III –
*SICH*TEN

»Da ist was.«
»Was ist da?«
»Was da ist.«

mmer schneller, immer weiter, Hauptsache weg. Weg von allem. »Treiben lassen im Meer des Lebens« – so die romantische Vorstellung. Getrieben war er in der Tat. Trieb sich in seiner kleinen Welt herum, immer allein, nur nicht hängenbleiben, immer auf der Suche nach … vielleicht nach Erlösung. Er schloss sich niemanden an, um nicht vertrieben zu werden. Lieber schließt er sich ein, um sich nicht anschließen zu müssen. Denn so behält *er* den Schlüssel, glaubte er.

SIE hielt unerschütterlich Kurs. Ein fortwährender Sturz weg von der Sonne. Immer tiefer hinein in die Nacht und noch mehr Nacht. Lautloser Fall in endlosem Schacht, ziellos, haltlos, bodenlos, wie festgebannt über lichtlosem Abgrund.

Ihm wurde bewusst, dass er seine Wurzeln ziemlich radikal abgeschnitten hatte, vor langer Zeit schon. Egal, wie weit er in seiner Erinnerung auch zurückging – er sah immer nur einen einzelnen Menschen, wenn er an sich dachte. Allein.

Seine Herkunft ließ ihn kalt. Es war nicht seine Entscheidung gewesen, dass er existierte, wohl aber ist es seine Entscheidung, dass er weiter existierte. Damit konnte er leben.

Aber um einen Ursprung zu finden, brauchte er Gründe. Er musste ja irgendwie sein verlorenes Leben wiederfinden. Wieder erfinden. Sein Leben. Die Vergangenheit betrachtete er als abgelegt und tot, sie sollte nicht länger sein Dasein bestimmen. Er hatte es in der Hand und sich nunmehr im Griff, war er überzeugt.

Es bestürzte ihn, daran denken zu müssen, wie sehr einige von ihren Besessenheiten verschlungen wurden, in die sie sich im Laufe der Zeit gestürzt hatten. Einige wurden religiös. Einige begannen in heiligem Ernst zu saufen. Einige rieben sich in ihrem Job und mit ihrer Familie auf; einige wurden sogar kriminell oder strebten Machtpositionen an. Und er?

Es gab nicht viel, worüber er mit ihnen hätte reden können. Sie waren nicht mehr, was sie waren. Sie waren Mitglieder von Sekten geworden: Alkoholiker, Familienväter, Kriminelle oder Bosse. Er war nichts von alledem.

Hatten sie sich weiterentwickelt, während er zurückgeblieben war? War es so? Hatte er so große Angst, zu werden – wie sie? Konnte er es denn überhaupt noch, selbst wenn er es gewollt hätte?

Er spürte wieder den Biss der Einsamkeit in seinem Nacken. Er fühlte sich nicht unglücklich dabei.

Harte

Menschen mit

felsenfesten Über

zeugungen,

alterslos versteinert.

Unfähig zu wachsen

bleibt ihnen nur zu verwit

tern

Im Wünschen war er groß, größer, als er jemals sein würde. Das war seine Schwäche und seine Stärke zugleich. Um nach den Sternen greifen zu können, musste er sich zumindest nach der Decke strecken, aus seinem faulen Lager erheben. Die Sterne blieben dennoch unerreichbar.

Er stellte sich gern vor, ein Stern zu sein. Ein einsamer, eisiger Lichtpunkt in der Unendlichkeit des Alls. Eine strahlende, glühend heiße, Wärme spendende Sonne, aus der Nähe betrachtet. Wobei »Nähe« sehr relativ zu sehen ist. Denn allzu nahe sollte man einem Sonnenstern besser nicht kommen. Stern = Fern.

Das gefiel ihm. Er fürchtete allzu große Nähe, er brauchte die lange Leine, um sich nicht gebunden zu fühlen. Bei diesem Gedanken lachte er still in seine Sternenferne hinein, unhörbar, »Lautlos im Weltraum«.

Eingekapselt
in geschossdichter Panzerung:

hier Luft / Leere dort,
Leben, Licht und Wärme / Finsternis und eisiger Tod

Abgeschottete Lebenskammer,
das Produkt einer technischen Evolution über
Jahrtausende

Wer von der Natur unabhängig sein wollte, der musste sich in die Abhängigkeiten der Apparate begeben. Und in die rationale

Wahnvorstellung, diese Apparate seien genauso beherrsch- und berechenbar wie die Menschen …

Es irritierte ihn keineswegs, als ihm zum ersten Mal in seinem Leben mit dem unbestechlichen Scharfblick des Heranwachsenden bewusst wurde, dass die Natur durch und durch grausam ist, ja, dass die furchtbarste, entsetzlichste Grausamkeit das bestimmende Wesenselement jeglicher natürlichen Höherentwicklung zu sein scheint. Er kannte schließlich nichts anderes. Für ihn brach keine Welt zusammen.

Er war dennoch überwältigt von all der Schönheit an einem dieser paradiesischen Orte, wie man sie nur am anderen Ende der Welt finden kann. Fast gewaltsam musste er sich ins Gedächtnis zurückrufen, dass all diese verschwenderische Entfaltung gewaltiger Farne, die von tropischem Grün übergossenen Steilhänge, das brodelnde Leben im Meer, die Vögel, selbst die leuchtenden Farben der See und des Himmels nichts weniger denn die gelungene Meisterleistung eines schaffenden Geistes waren, sondern vielmehr ganz prosaisch das Ergebnis eines erbarmungslosen Kampfes aller gegen alle; der Geschöpfe des Meeres, des Landes und des Himmels, ja selbst der nackten Elemente gegeneinander. Wir schreiten über die Schlachtfelder des Lebens hinweg und rufen entzückt aus: »Wie schön! Wie herrlich! Wie gewaltig und erhaben!« Das ist das menschliche Maß – gegen die Maßlosigkeit der Natur gesetzt.

Leben will leben, will immer mehr Leben, will überleben. Darum tötet es – für das eigene Leben, für seine gesteigerte

Intensität. Gerade deshalb erweist sich das Leben als unausrottbar, hat es erst einmal gezündet. Nicht der Tod ist sein Todfeind, sondern das Nichts. Und das findet sich nirgends – höchstens vielleicht einmal in einer unendlich fernen Zukunft, nach einer unvorstellbaren Spanne Zeit, gemessen in Jahrmilliarden.

Der leere Himmel über uns. Kalt und finster. Monströs. Und so gleichgültig. Geradezu beleidigend gleichgültig uns gegenüber. Reine Abwesenheit. Unendlich.

Die schwarze Kugel verschmilzt mit der Leere, aus der sie stammt; das Nichts selbst gerinnt in ihr zu dunklem Gestein. Er stand am Abgrund, den implodierende Sonnen in den Raum schlugen und betrachtete nicht länger erstaunt die strahlende Finsternis unsichtbaren Lichts. Die Sterne sind dem Himmel emporgeschleuderte Tropfen, Regen, der in den Weltraum fällt.

Aber was hatte es mit den Sternen schon auf sich! Ihre Unerreichbarkeit ist es doch nur, die ihnen Glanz verleiht. Ihr einsames, strahlendes Leuchten, das uns in ihre Höhen lockt, und die wir doch niemals würden erreichen können. Eine Lockung voller abgründiger Höhen: Siehe, hier bin ich, klar, strahlend, vollkommen, die Erfüllung all deiner Wünsche, dein einziges, wirkliches Ziel.

Sieh nur, hier oben bin ich doch, ich leuchte dir jede Nacht, brenne mich täglich tiefer und tiefer in dein hungriges, unerfülltes Herz. Siehe – es gibt mich, dort bin ich ja – siehst du mich?

… Und dann, flüsternd, still raunend, unhörbar in der Totenstille des Alls: »Aber du wirst mich nie erreichen!«

Das Beste an der Verbannung der kleinen Ameise war: Sie
wusste ja nicht einmal, dass das Volk, das sie aus ihrer Gemeinschaft vertrieben hatte, nunmehr vollständig ausgelöscht
worden war. Das war einesteils traurig, anderenteils aber war
es auch ein großes Glück für sie – wäre sie wie einige ihrer Kol-
leginnen intensiver Rachegefühle fähig gewesen, sie hätte jetzt
förmlich darin baden können. Zwar hatte sie den Feuerschein
am Horizont sehr wohl bemerkt, als sie einmal sehnsuchtsvoll
zurückgeblickt hatte, hielt diesen aber lediglich für ein außer-
gewöhnliches natürliches Phänomen, dem sie weiter keine
Beachtung geschenkt hatte. Außerdem, sagte sie sich, müsse
sie jetzt ohnehin all ihre Kraft zusammennehmen und nach
vorne schauen, wenn sie überleben wollte. Und das wollte sie
natürlich. Tapfere kleine Ameise.

Man kann nichts tun, als die Augen und Ohren offenzuhalten
und abzuwarten, was geschieht. Alles, was war, war Zufall, das
wusste er. Es ergab sich so. Und darin musste man sich ergeben. Ergeben, nicht: Aufgeben. Das Unvermeidliche akzeptieren, ja, es sogar begrüßen, willkommen heißen. Aber nicht sich
aufgeben und resignieren. Denn es geschehen solche Zufälle,
und solche. Und genau darauf muss man achten, auf die guten
Zufälle. Dafür muss man bereit sein, wachsam. Gerüstet für
den einen, einzigartigen Zufall, der alles Bisherige zu Fall
bringen kann und eine Chance eröffnet. Eine solche günstige

Gelegenheit konnte man natürlich nicht herbeizwingen, und wenn doch, würden die wenigsten ihre Chancen rechtzeitig vorher erkennen und sie nutzen, selbst wenn man sie mit dem Kopf darauf stieße. Eine Frage des Instinkts. Man handelt, oder man handelt nicht. So oder so. Zufall. Wie das Künftige hinterher gewesen sein wird – woher soll derjenige das wissen, der noch nicht einmal weiß, was gerade jetzt geschieht, da es ihm geschieht? Wie geschehen, so gesehen – oder doch eher: Wie gesehen, so geschehen? *Das Sein schafft Bewusstsein, das sein Sein schafft* ... Sagen wir einfach: *Es geschieht.* Punkt.

Solche Überlegungen stellte er häufig an, weil er häufig Zeit hatte, etwas anzustellen – und es gab weiß Gott Dümmeres und Schädlicheres, was er hätte anstellen können. Es war ein Zeitvertreib. Müßiges Spielen mit Gedanken – fast so ähnlich wie Träumen. Ja, er träumte mit Worten, wenn er wach war. *Wortträumen.* Dieses Wort gefiel ihm. In einem fort Wortträumen ... Was tat er jetzt anderes? Er fand doch immer Mittel und Wege, um sich aus seinem Leben fortzustehlen. Er war ständig auf der Flucht davor. Wenn er überhaupt mal etwas erlebte, dann in seinen Träumen.

Wo er hellwach sein und eine sich garantiert nicht wieder bietende Gelegenheit ergreifen sollte – da schlief er. Wenn er aber schlafen und sich von den Anstrengungen des Tages erholen sollte, da wälzte er sich ruhelos im Bett und brütete seine nächtlichen Ausgeburten aus, die ihn dann auch den Tag über verfolgen sollten ...

Als er so dahindämmerte, dämmerte ihm, dass er bereits alles in seinem Vermögen Stehende tat, um nur nicht so leben zu müssen, wie zu leben wäre, wie es lebenswert wäre. Er wusste darum, und er wusste auch, dass er nichts dagegen machen konnte. Es war sein Charakter. Wie in der Geschichte mit dem Skorpion, der einen Frosch überreden konnte, ihn auf seinem Rücken über den Fluss zu tragen – um ihn mitten auf dem Wasser dann doch zu stechen, sodass sie beide ertranken.

Auch er hatte keine Wahl. Ihm fehlte der archimedische Punkt, an welchem er hätte ansetzen können, um sein Leben aus der bisherigen Bahn zu hebeln.

Vielleicht würde er es am Ende seines Lebens einmal bedauern, diesen Punkt nicht gefunden zu haben. Jetzt allerdings verspürte er kein Bedauern, keine Reue darüber, sein Leben zu verschwenden; er war für jede einzelne Sekunde dankbar, die er auf diesem einsamen Planeten hier verplempern durfte.

Lieber sein eigener Gefangener sein, als der von anderen, tröstete er sich.

ein All – allein
– nicht allein

Wie es jeder gern tut, teilte er die Menschen in zwei Lager auf: hier die einen, dort die anderen; hier wir, dort ihr, hier die Guten und da die Bösen, links und rechts; alt und jung; männlich und weiblich; arm und reich ... Er teilte die Menschen am liebsten in Hunde- und Katzenmenschen ein, wie er sagte. Hundemenschen waren ihm die vielen viel zu vielen, die Geselligen oder Gefälligen, die sich immer und überall als Rudel zusammenrotten müssen, die stark und mutig zusammen sind, ängstlich und verlassen aber alleine, die kläffende Meute, diese räuberische Herde ...

Er dagegen bevorzugte die Katzenmenschen, einsame, leichtfüßige Flaneure, die keine Mitläufer brauchen; unstete Wanderer, die nächtens laut- und ziellos durch ihre Reviere streifen; anmutige Tänzer, die für kein Publikum ihre Runden drehen, sich selbst genug und mit genügend Selbstbewusstsein ausgestattet, sich selbst vergessen zu machen. Die im Dunkeln heller sehen können als am Tage. Lautlose Kämpfer, verwegen, verspielt, neugierig, zärtlich und eigensinnig.

Auch wenn er eine neue Bekanntschaft machte, pflegte er diese dahingehend zu beurteilen, ob jemand lieber Hunde oder Katzen mochte. Die Erfahrung hatte ihn gelehrt, dass Hundeliebhaber in aller Regel die Macht liebten, Rangordnungen und Hierarchien aufbauten, Befehlen und Gehorchen ihr primäres soziales Bedürfnis war. Sie konnten sich in einem Gefühl tiefer Ergebenheit und Fügsamkeit ebenso wohlig suhlen wie in sadistischer Tyrannei und blinden Gewaltausbrüchen. Katzenmenschen dagegen ... Er war sich dessen vollkommen bewusst, wie einseitig und klischeebeladen eine solche Klassifikation letztlich war. Trotzdem gelangte er immer mehr zu der festen Überzeugung, dass man der Wahrheit stets dann am nächsten kam, wenn man die Menschen simplifizierte. Die Menschen werden ihren Klischees und den Vorurteilen, die man sich über sie bildet und die sie selbst über sich haben, immer ähnlicher, je genauer man hinsieht. Seine Menschenkenntnis war ausgeprägt, er kannte die geheime Wahrheit, die jeder Mensch zu verbergen suchte, und er erkannte die Knallcharge in jedem

Menschen, der ihm begegnete ... Er fühlte sich mit einem Mal sehr alleine.

Die Überzeugung, allein leben zu müssen, musste er auch allein leben. Alle anderen hörten doch nicht auf ihn. Sie hörten auf den, der voranging, nicht auf denjenigen, der sich abseits von ihnen durch das Leben stahl. Hundemenschen eben. Wie bei dem perfekten Gespann, bei dem der Mensch bellt und der Hund winselt.

Man ist in schlechter Gesellschaft, wenn man schlecht in Gesellschaft ist, dachte er sich.

Falsch!, dachte er nochmals. Man befindet sich in bester Gesellschaft, wenn man es in der Gesellschaft der anderen nicht aushält. Da erging es ihm genauso wie ... es fiel ihm niemand ein. Aber traurig wurde er deshalb nicht. Das hatte er immerhin gelernt: Wer die Augen vor der Welt verschließt, erschließt sich zugleich eine ganz neue, innere Welt. Außen ausgeblendet, innen eingeblendet – vor allem aber: *geblendet!*

Man erkenne sich nur im Spiegel des anderen, heißt es. Eine Maske im Spiegel aber bleibt immer noch eine Maske. Noch weniger: Das bloße Abbild einer Maske!

Die Leute verschwanden nach und nach hinter den Fassaden, die sie voreinander füreinander errichteten. Die sie abrichteten, und zwar nach denjenigen Vorstellungen, die die Leute ihnen vorstellten. Verstellten ihnen den Blick. Drehten sie nämlich die Augen nach innen, sahen sie blicklos ins Dunkel, wie sie meinten. Also blickten sie lieber nach außen aus ihrem Dünkel – und sahen so wenigstens sich, wie sie meinten, dass die Leute sie sähen. Sie sahen sich nicht getäuscht, denn sie selbst waren es ja, die täuschten. Und täuschende Blicke tauschten.

Die Freiheit ist eine große Aufgabe, dachte die Ameise. Sie hatte ihr ganzes Volk aufgeben müssen, oder vielmehr: Ihr Volk war es, das sie aufgegeben hatte. Für eine Ameise war das schlimmer, als bei lebendigem Leibe verbrannt zu werden. Sie, die immer nur für alle gelebt hatte, wie alle anderen auch, sie musste nun für sich allein leben. Sie allein war jetzt »alles«. Alles, was sie tun musste, musste sie nun für sich tun. Sie konnte ja nicht einfach zu einem anderen Volk gehen und um Aufnahme bitten. Ameisen kennen keine Einwanderer. Ameisen kennen nur Volk oder Feind. Oder Beute. Sie wollte weder Feind noch Beute sein, sie war allein. Und sie musste sehr vorsichtig sein. Alles, was ihr begegnete, konnte ihren schnellen Tod bedeuten.

Was sie am meisten irritierte, war das Fehlen jeglicher Duftspuren, die ihr Volk überall, wo es gewesen war, zu hinterlassen pflegte. Der Geruch sagte ihr unmissverständlich, was sie zu tun hatte, führte sie zu Nahrung und Beute und zu Unterschlupf. Wenn sie einmal eine Spur aufgenommen hatte, gab es kein Zurück. Sie tat, was sie tun musste.

Hier jedoch gab es keine Duftspuren ihres Volkes mehr. Sie kletterte auf einen Stein und ließ prüfend ihre Taster kreisen. Nichts. Sie war auf sich allein gestellt. Und sie verspürte Hunger.

Was für ein Glück! So wusste sie wenigstens, was sie als Nächstes zu tun hatte: Nahrung beschaffen!

Seit seiner Kindheit war er glücklicher Jäger, der es nur nicht verstand, Beute zu machen. Das herrliche Gefühl, frei umherzustreifen und die Welt offen vor sich ausgebreitet zu finden. Mögliche Beute zu erspähen, sich an sie anzuschleichen, sie zu umkreisen. Was machte es da noch, dass er immer dann, wenn er zuschnappen wollte, ins Leere griff. Er hatte seinen Spaß ja schon gehabt. Der Triumph der Überwältigung hätte nur ihn selbst überwältigt. Er war dazu geschaffen zu jagen, nicht um Beute zu machen. Das taten andere. Heimlich im Dunkeln und mit effektiveren Methoden. Mit Brachialgewalt, wo nötig, nicht so feinsinnig und raffiniert wie er. Er war ein Künstler, die Ausübung seiner Kunst bedeutete ihm mehr als der Erfolg. Also blieb er erfolglos und überließ es anderen, die Beute zu greifen. Er blieb frei und ungesättigt. Er wurde deshalb auch nie von seiner Beute verschlungen. Oft genug waren es nämlich gerade die erfahrenen Beutegreifer, die scheiterten. Sie bekamen den Rachen einfach nicht voll; verschluckten sich irgendwann an einem Bissen, der zu groß für sie war, wurden die Beute ihrer Beute, ihrer Gier. Er dagegen hatte gelernt, im letzten Moment zu verzichten, unerkannt weiterzustreifen auf der Jagd nach einer neuen Gelegenheit, die er verpassen konnte.

Aber natürlich verhielt es (*er!*) sich so, dass er nicht die Dummheiten bedauerte, die er getan, sondern diejenigen, die er nicht begangen hatte. Aber das kümmerte ihn nun auch nicht mehr. Denn etwas zu bedauern, wäre von allen Dummheiten, gemachten wie unterlassenen, die größte gewesen.

Es erstaunte ihn immer wieder, mit welcher Nonchalance manche über dieselben Fehler und Unzulänglichkeiten imstande waren, leichtfüßig hinwegzugehen, die er sich in solch einem Ausmaß zu Herzen zu nehmen pflegte, dass er am liebsten keinen einzigen Schritt mehr vor die Türe gewagt hätte, um nur nicht wieder über die eigenen Mängel zu stolpern. Genau das war sein Fehler. Das wusste er auch. Aber er wusste auch, dass sein Wissen darüber ihm nicht weiterhalf.

Er war ein Versager! Er versagte sich so viele Dinge, die anderen so selbstverständlich sind; die Liebe von anderen, ihre kleinen Freuden, Geborgenheit, Familie … Aber er lebte glücklicher so. Für sich. Glücklicher als andere?

Er konnte es keinem recht machen. Unter den Guten war er einer der Bösen, denn er konnte hassen und kämpfen und würde in der Not auch Unschuldige töten. Unter den Bösen war er einer der Guten, denn er kannte Gnade und Barmherzigkeit. Nur eines konnte er nicht – sich heraushalten. Und das machte ihn zum Kämpfer. Er wusste aber auch, dass er eines Tages seinen Kampf verlieren würde, das war unausweichlich. Das konnte er akzeptieren, so wollte er es. Er war ein Kämpfer.

Er war nicht Kämpfer aus Leidenschaft, er war es aus Notwendigkeit geworden. Er hatte auch nie Geschmack daran gefunden; er biss sich halt so durch, wie man altes, hartes Brot kaut, wenn man nicht verhungern will. Hätte man ihm eine Wahl gelassen – er wäre träge geblieben, sein Leben lang. Die Not erst machte ihn aktiv, machte ihn lebendig. Doch je besser er das Leben kennenlernte, desto fremder erschien es ihm. Er hätte sich mehr davon erwartet. Er wusste nicht genau zu sagen, wovon genau, aber er hätte sich mehr erwartet als dieses weite graue Meer von zerdehnter Zeit, mehr als diesen beständigen Gleichlauf, diesen statischen, alltäglichen Wandel aus dem Nichts ins Nichts. Und das Schlimmste daran war: Eine Umkehr gab es ja nicht, nur ein Vorwärts! Weiter! Weiter! Weiter! … und das, obschon der Ausgang bereits von vornherein feststand. Was ihn vorwärtstrieb, war also letztlich ein Hang zur Vernichtung; wenn es schon kein Zurück gab, so doch wenigstens kein Weiter mehr!

Hinter sich der Abraum an Vergessenem, vor ihm der Weltraum, Abgrund der Ewigkeit. Im Umkreis von 500 Millionen Kilometern gewährte einzig diese in der Tiefe des Alls kaum wahrnehmbare Ansammlung von Metallen und Kunststoffen sein Dasein. Diese so winzige, zerbrechliche, künstliche Blase.

Wie verletzlich sie wirkt! Wie unscheinbar in ihrer Größe und doch so unersetzlich für ihn. Dieser Haufen Schrott bedeutet die Welt! Der einzige Ort zu leben. Nicht einfach Heimat, sondern: Existenz. Unabdingbare Bedingung der Möglichkeit, leben zu können. Nur hier gab es Zeit, Raum, Ort, Welt … Luft, Licht, Wärme, Nahrung – und normalerweise auch: Menschen.

Zugleich war es aber auch ein unbestreitbarer Vorteil, dass es niemanden gab, mit dem er sich hätte auseinandersetzen müssen. Es gab kein kleinliches Gerangel um kleinkarierte Vorteile, keine Kränkungen, keinen Neid, Eifersucht, Bevorzugung, Zurückweisung, keine Scham, kein Trotz, kein Eigennutz ... aber auch keine Freundschaft, keinen Unsinn, keine Liebe.

Sei's drum. Es war besser so. Allein durchsteht man die Einsamkeit besser als ... Man hatte nur sich selbst zum Feind, nicht noch die anderen. Und man war letzten Endes mit sich selbst weitaus nachsichtiger als ein Fremder je sein könnte, meinte er es auch noch so gut mit einem.

Ihre Verbannung hatte ihr klargemacht, wie verwundbar sie war. Allein in der Welt war sie aller Welt potenzielles Opfer. Aber sie hatte ihre Stärken: Sie war zwar klein, aber flink. Den Großen als Beute zu unscheinbar, den Kleineren unmöglich zu erwischen. Sie war genügsam und fand daher immer genügend Nahrung. Ihr Volk hatte sie ausgestoßen, also blieb sie misstrauisch und wachsam gegenüber allen, die ihr begegneten. Sie hatte gelernt, alleine zurechtzukommen, ohne ihr Volk. Diese Fähigkeit hatte sie auch stolz gemacht. Ein Stolz, den niemand als anmaßend empfinden konnte, da ihn ja niemand je zu spüren bekam. Stolz und ungezähmt. Sie war niemandes Herrin, und niemand herrschte über sie.

Was ihm hier draußen am meisten fehlte, war ein richtiger Feind. Ein wirkliches menschliches Wesen, das er hätte hassen, gegen das er hätte kämpfen können. Nicht dieses unbeschreibliche schwarze Nichts, das nicht zu fassen ist.

Er hätte sich nicht vorstellen können, wie eine Frau an seiner Stelle hätte leben können. Frauen halten die Stille nicht aus. Diejenigen alleinstehenden Frauen, die er kannte, hatten ständig den Fernseher oder das Radio laufen, als Geräuschkulisse, um die einsame Stille zu übertönen. Sie brauchten die soziale Betäubung wie die Luft zum Atmen. Frauen lebten trotz aller Katzenhaftigkeit doch lieber im Rudel. Sie fühlten sich leer alleine. Manche von ihnen fühlten sich so leer, dass sie geradezu zu dem Nichts wurden, in das sie fielen. Nichts als ein großes Loch, das niemand auszufüllen imstande war. Nicht ein Mann, nicht die vielen, vielen Männer, die sie verzehrten, nicht alle Männer dieser Erde hätten dies vermocht. Ein riesiges, unersättliches Loch, die reine Leere. Brüllende, gefräßige Gier. Sie würden sich selbst verschlingen müssen.

Der Raum war nicht leer. Jedenfalls nicht vollkommen. Alles andere denn ein absolutes Vakuum. Spurenelemente von Materie noch in den entferntesten Winkeln des Alls, und innerhalb eines Sonnensystems sowieso. Kleine, unsichtbare Geschosse, von Urgewalten getrieben, durcheilen mit unerhörten Geschwindigkeiten den Raum, ohne Ziel. Unbeirrbar der eingeschlagenen Bahn folgend, so weit das Universum reichte. Oder bis der unwahrscheinlichste aller unwahrscheinlichen Zufälle dem ein Ende setzte.

Mittreiben lassen im Strom und nirgends ankommen, davon hatte er vergangene Nacht geträumt. Er beneidete die jungen Leute ein wenig, die sich um des puren Vergnügens willen in die Fluten gestürzt hatten, nur um spüren zu können, wie ihr Körper vom Wasser gepackt herumgewirbelt und fortgespült wurde. Sie hatten noch die Fähigkeit, den Moment zu genießen, und nicht wie er den dringlichen Wunsch, das Wasser so bald als möglich wieder zu verlassen und an Land zu gehen – wo er dann schweratmend und triefend herumstand wie ein begossener Pudel und sich erst einmal abtrocknen musste. Die jungen Leute aber ließen sich weiter vom Fluss treiben, das reißende Wasser war ihr Element. Die Gefahren, die aus ihrem Übermut erwuchsen mochten, kannten sie nicht oder schätzten sie zumindest falsch ein. Einige würden ertrinken, einige an den Felsen im Fluss zerschmettert werden, viele sich Schrammen und Blessuren holen – und einige würden sich spätestens dann eine Erkältung oder Schlimmeres einfangen, wenn sie einmal doch an Land gehen mussten. Aber sie genossen es, und der Fluss war ein freundlicher Fluss, auch wenn er manche böse Überraschung bereithielt für die allzu Forschen, Unvorsichtigen.

Er stand längst wieder am Ufer und beobachtete das muntere Treiben – und er konnte es genießen.

Der Ameise aber war es nicht so einfach möglich, in den Fluss zu steigen und sich von den Fluten mitreißen zu lassen, dazu war sie viel zu klein. Außerdem hatte sie ein Ziel – sie wollte auf die andere Seite. Ihr blieb nichts anderes übrig, als so lange am Ufer entlangzulaufen, bis sie eine Möglichkeit fand, um gefahrlos herüberzusetzen. Ihr konnte nur der Zufall helfen.

Volltreffer! Der ultimative Haupttreffer! Die Wahrscheinlichkeit, dass ein solches Ereignis eintraf bewegte sich in einem Bereich von eins zu 15 Billiarden – aufs Jahr gerechnet. Rein statistisch gesehen hätte so etwas eigentlich erst lange nach dem Zeitpunkt passieren dürfen, an dem das Universum aufgehört hatte zu existieren. Wirklich ein Volltreffer. Ein Meteorit von der Größe eines Tischtennisballs, der mit schätzungsweise 170 000 Kilometer pro Stunde ausgerechnet an diesem Punkt des Weltalls lautlos aus dem Nichts geschossen kam und zu exakt dem Zeitpunkt seine seit Jahrmillionen vorherbestimmte Bahn mit der von SIE kreuzte, als diese mit ihren vergleichsweise gemächlichen 94 000 Kilometer pro Stunde genau hier und jetzt angekrochen kam. Sauber die Hauptantenne abrasiert. Und als ob das noch nicht schlimm genug gewesen wäre, hatte dieses Biest auch gleich noch ein paar seiner kleinen, schätzungsweise haselnussgroßen Brüder mitgebracht, von denen einer auf dem direktesten Wege mit traumwandlerischer Zielsicherheit genau jenen Punkt hinter der Außenwand von Sektion Delta B II traf, an der sich die Steuermodule zwei und drei der kryogenischen Supervisionseinheit befanden und bei der Gelegenheit in ihre atomaren Bestandteile zerlegt. Und das war's dann auch schon. Plötzlich befand er sich ganz allein hier draußen, 500 Millionen Kilometer von der Erde entfernt. Er war wirklich ein Glückspilz! Als Einziger hatte er zwei kosmische Ereignisse von solch ausgesuchter Unwahrscheinlichkeit überlebt, dass er nur noch fassungslos den Kopf schütteln konnte. Gleich zweimal hintereinander den Jackpot geknackt – nur, wen scherte das hier draußen?

Manchmal fühlte er sich wie ein Astronaut in seinem Raumanzug, eingepfercht in einer schützenden Hülle, die lebensnotwendigen künstlichen Umweltbedingungen in einem Behälter auf dem Rücken mit sich tragend wie das Haus einer Schnecke, festgebannt schwebend über einem unendlichen Abgrund, eine lebendige Insel inmitten einer einsamen, kalten Welt in unergründlicher Leere. Der verloren im Kosmos treibende Astronaut erschien ihm als das zutreffendste Symbol des Menschen in seiner Zeit.

> Für ihn die Einsamkeit. Er der verhallende Ton
> in der Dunkelheit, der ersterbende Stern.
> Wie so viele.

Die Zeit hatte ihn fortgespült. Lethe – das Vergessen. Gelebtes Leben. Gegessen.

> Er lebte – in seinen Träumen
> körperlos
> reine Gedanken
> jenseits der Welt
> in den Kammern eines ausgesetzten Todes

Unbegreiflich an der Realität war es ihm, dass sie immer noch vorhanden war, sooft er auch aus seinen Träumen erwachte. Noch unbegreiflicher erschien es ihm, dass er gewisse Orte – Städte, Brücken, Landschaften –, die er vor Jahren einmal aufgesucht hatte, immer noch vorfinden konnte, oft sogar nahezu unverändert. Es machte ihm Mut, dass sich diese Orte hartnäckig weigerten, einfach vom Sog des Vergessens verschlungen zu werden – sie beharrten trotzig auf ihre einzigartige Existenz. Wie er selbst ja auch.

Warum kann die Realität nicht einfach der Traum sein, der sie immer sein sollte? Und warum müssen stattdessen die verdammten Albträume Realität werden?

Man lebt für den Augenblick, oder gar nicht, oder? Vielleicht noch für Erinnerungen. Für verkrustete, zähe Gedanken, geronnen im Fluss der Zeit.

Wie geronnen, so zerronnen. Wie eine Flüssigkeit, die nicht zu fassen war und überallhin drang, unaufhaltsam, allgegenwärtig, die Vergangenheit klebrig tränkend. Überschwemmung.

Keine Macht der Welt hätte ihn jemals wieder nach Hause zurückbringen können. *Das könnte man durchaus auch mal positiv sehen*, dachte er. Ihm blieb ohnehin nichts anderes übrig, als seine Lage so positiv wie möglich zu betrachten. Schließlich könnte es ja nun nicht mehr schlimmer kommen: 500 Millionen Kilometer von der Erde entfernt allein in der

Lebensfeindlichkeit des Alls, keinerlei Hoffnung auf Rück-
kehr, alle Kameraden tot, in ewiger Kälteschlafstarre … Was
sollte ihm jetzt noch zustoßen? Außer dass er sterben musste.
Je früher, je erlösender – vielleicht?

Allein im Dunkel, dem eigenen Herzschlag ausgeliefert, dunkles Echo eigener Lebendigkeit – in solchen Höhlen wohnen
Drachen.

Aus. Geträumt.

Die erste Hölle: Nicht kriegen, was man braucht.
Die zweite Hölle: Bekommen, was man will.
Die dritte Hölle: Zu brauchen, was man will.
Die vierte Hölle: Zu brauchen, was man kriegen kann.

Ihm war bewusst, dass es nur einen Feind gab: Das Nichts. Die
Erfahrung dieser grauenhaften gähnenden Leere, die er mit
allen ihm zur Verfügung stehenden Mitteln zu füllen versucht
hatte, im Rausch, in der Sucht nach Anerkennung und Liebe.
Nichts davon vermochte diese schreckliche Leere zu füllen; es
ist das Nichts selbst, das in ihm hungrig und unersättlich schrie.

In diesem einen Punkt hatten seine Gedanken viel mit einem
Schwarzen Loch gemein: Alles kreiste darum, um schließlich
von ihm verschlungen zu werden. Kein Entrinnen. Vor allem
nachts nicht. Und hier war immer Nacht. Mit jedem Gedanken,
den er kreisend gebar, wurde das Gravitationszentrum stärker. Alles erschien ihm sinnlos; sinnlos, was er tat oder nicht

tat, vergebens die absurde Hoffnung, überhaupt noch etwas erreichen zu können. Mit solchen Zielen verhielt es sich wie in der Quantenmechanik: Je näher man einer Sache kam, desto undeutlicher und verschwommener wurde sie, bis sie schließlich ganz verschwand.

Das leere Dunkel wartete. Unendliche eisige Nacht über dem blau schimmernden warmen Sommerhimmel.

Es ekelte ihn. Nichts ekelte ihn mehr – als das Nichts. Es gab ja auch so unerträglich viel davon.

Die tiefe Sehnsucht weiß nicht, wonach sie sich sehnt, der Wunsch hat vergessen, was er wünscht, und verzettelt sich in alltägliche Wünsche, weil die sich wenigstens erfüllen lassen. Man hungert und sucht Sättigung. Das tiefe Sehnen aber nagt weiter in den Gedärmen, bricht manches Mal wie im Rausch in dicken Tränen heraus, überschwemmt einen in Liebe mit seiner Verzweiflung. Er konnte keinen Menschen glücklich schätzen, solange er lebt, das Glück liegt nicht in den Wünschen oder der Sehnsucht, eher schon im Vergessen, in der lethargischen Hingabe an das Nichts, denn man wird nicht eher satt, ehe man es nicht wirklich satthat.

Unwillkommen zu sein resultiert aus dem Unwillen, bei anderen anzukommen, ankommen zu müssen. Wer müssen will, der muss nur wollen. Man muss aber auch gewollt sein, sonst läuft alles Wollen ins Leere. Und ein Wille, der im Leeren wirkt, fällt zuletzt auf sich selbst zurück, implodiert, verzehrt sich selbst, erzeugt eine falsche Genügsamkeit, die sich selbst genug, nicht mehr den Ansprüchen anderer genügen können will ...

Er war der Katastrophe geradezu dankbar, dass sie ihm keine Zeit ließ, sich auf seine ausweglose Situation einzulassen. Er hatte alle Hände voll zu tun, um sein Schiff funktionsfähig zu halten. Die Umweltsysteme hatten absolute Priorität! Keine Zeit für Verzweiflung, er hatte eine einzige Aufgabe: Überleben! Die furchtbare Zeit würde erst noch kommen.

»Der Zufall erfüllt die Notwendigkeit« – leider nicht immer gerade dann, wenn man es zufälligerweise am nötigsten hätte. Das hatte die Ameise schon bitter erfahren müssen. Den glücklichen Zufall, der im letzten Moment dem drohenden Desaster eine positive Wendung verleiht, gab es nur in Geschichten. In der Realität dagegen ist alles den Zufällen überlassen, guten wie schlechten, meistens aber schlechten. Ihre Realität bestand denn auch zunächst einmal aus Hunger, Einsamkeit, Furcht und Flucht. Am Tage musste sie ihren Feinden davonlaufen oder ihrer Nahrung hinterherjagen, in der Nacht durfte sie nicht ruhen, um nicht selbst zur Beute zu werden. Alles an ihr war Getriebenheit, weil sie von allem gehetzt wurde – von ihrem Hunger, ihrer Furcht, ihren zahlreichen Feinden. Ihre wirkliche Welt war eine, gegen die man nur künstlich sich eine friedlichere, weniger gefährlichere schaffen konnte. Um leben zu können, musste sie ihr Leben sichern können. Sicher nicht einfach.

Wenn er schon ein Fremder sein musste, dann wenigstens nicht in dem Land, in dem er geboren wurde. Deshalb fühlte er sich auf Reisen auch immer so wohl. An irgendeinem Hafen, auf einem kleinen Kirchplatz, irgendwo unter südlicher Sonne fühlte er sich heimischer als zu Hause. Hier ließ es sich gut fremd sein; jeder Fremde erkannte in ihm sofort den Fremden, den Gast und Besucher, und man behandelte ihn entsprechend: höflich, zuvorkommend und hilfsbereit. Ebenso wusste er auch die scheue Zurückhaltung zu schätzen, die ihm auf kleinen, abgelegenen Dörfern entgegengebracht wurde. Hier durfte er auf die Leute zugehen, aufdringlich und kontaktfreudig waren hier nur die kleinen Gauner, daran konnte man sie erkennen.

Träume regulierten seine Traurigkeit. In seinen tiefsten Träumen spürte er auch die tiefste Trauer; in seinen besten Träumen höchstes Glück. Fühlte er sich tags dunkel und müde, leuchteten nachts ihm zuverlässig die farbigsten Erlebnisse und Abenteuer. In seinen Träumen vermochte er intensiver zu leben, als er in seinem Leben erhoffen konnte. Das war ihm zeitweise Trost genug, hatte er doch darin einen Sinn in seinem Leben gefunden: Er lebte, um träumen zu können.

Er fühlte sich wie gelähmt, innerlich betäubt. Er verspürte noch nicht einmal Trauer über den Tod seiner Kameraden. Alle sieben tot. Getötet von einem winzigen Stückchen Materie, das unverhofft ihre Bahn gekreuzt hatte. Um ihn herum nichts als leerer Raum, und ausgerechnet hier traf es sie. Ein absurder Zufall. Eine stochastische Anomalie.

Sie hatten alle denkbaren Katastrophenszenarien trainiert, selbst dieses. Aber kein Training hatte ihn wirklich auf die plötzliche Einsamkeit vorbereiten können. Er war praktisch schon tot. Nur eine Frage der Zeit, der Sauerstoffressourcen und weiterer absurder Zufälle.

Aber jeder neue Morgen brachte ihm auch wieder Erlösung – und die Erinnerung an die Schrecken der erlittenen Nacht. Doch immer nur für kurze Zeit. So heftig und qualvoll die furchtbaren Träume für ihn auch gewesen waren – sie hatten keine Substanz, keine wirkliche Dauer. Ein paar Minuten mit offenen Augen genügten schon, um sie wieder im Strom des Vergessens aufzulösen. Er war dem milden Morgenlicht dankbar, dass es ihm die Erinnerungen an seine Träume jeden Tag aufs Neue davonschwemmte. Die schlechten ebenso wie die guten.

Den Trost, den ein Traum bot, eintauschen gegen die Mühe, ihn zu verwirklichen – das war Kultur. Saure Arbeit anstelle süßer Zauberei, Zivilisation gegen Kunst – hatte er denn jemals eine Wahl gehabt?

Er verspürte keine Trauer. Oder fast keine. Nur das Gefühl, allein zu sein. Im Stich gelassen. Übriggeblieben. Das erschütterte ihn am meisten.

Rückblickend erschien es ihm noch unverständlicher, als es tatsächlich für ihn gewesen sein musste. Unwirklich. Undenkbar. Wie in einem schlechten Traum. Oder in einer noch schlechteren Fernsehserie.

War er überhaupt jemals mit seinen Kameraden ins All geflogen? Mit Commander Bester, Lt. Jody, mit Katharina? Mit Cat, Derryn, Jennifer und Eagle …?

Waren das wirklich ihre Namen? Oder hatte er sie nicht gerade erst erfunden, wie überhaupt seine Erinnerungen …? Lag er nicht vielmehr in einem tiefen Schlaf? In einer Betäubung weit jenseits der Realität …?

Gottverdammt, nein!

In seinen Träumen empfand er Schmerzen, die er wach nicht hätte ertragen können. Auf der anderen Seite vermochte er in seinen Träumen Gefühle in einer Intensität zu empfinden, von der er in wachem Zustand nicht einmal zu träumen wagte – eine Welt, weit jenseits der wirklichen. In der er zu Hause war. Deren Gesetze er kannte. Deren Gesetze er erlassen hatte. Seine Welt! Und nur seine.

Wie gerne würde er sie teilen. Nur: Wie? Und mit wem?

Die Ameise trottete Tag für Tag geduldig am Ufer des Baches entlang, der ihr wie der große weite Strom vorkam, der in den alten Vorstellungen die Ränder der Welt umlief. Sie fand keinen Weg, dieses gewaltige, tosende Hindernis zu überwinden, aber der Lauf, den der Bach nahm, führte sie wie eine Richtschnur hinaus aus dem Wald, in den sie ihre blinde Flucht vor ihrem Volk getrieben hatte. Der Wald war ihr unheimlich. Zu groß, zu dunkel, zu viele Feinde, die überall lauerten. Sie bevorzugte das offene Feld, den weiten Horizont, die Ebene, worin sie weit, weit laufen konnte, ohne auf ein

Hindernis zu stoßen; immer an einer Grenze entlang, die sie nicht überschreiten konnte.

Er liebte die Küste, weil er gern an Grenzen entlanglief. Er brauchte sie ja nicht zu überschreiten, aber er wollte wählen können. Am Rande eines Kontinents, am Strand einer Insel, am Ufer eines Flusses – überall dort, wo Wasser und Erde zusammentrafen, fühlte er sich zu Hause. Er könnte seinen Körper ins Wasser tauchen und sich tragen lassen, er könnte aber auch genauso gut träge am Ufer liegen und sich von der frischen Brise kühlen lassen, die über das Wasser zu ihm wehte. Er könnte ein Boot nehmen und sich von der Strömung treiben lassen oder aber an Land bleiben und sich in der Welt herumtreiben. Er könnte irgendwo auf einem Schiff anheuern oder ein Leben auf dem Land führen. Er könnte sogar beides haben. Wenn er nur wollte.

Nur – was wollte er eigentlich? Das wusste er nie genau zu sagen. Ohnehin eine unsinnige Frage. Gerade deshalb wollte er ja immer die Wahl haben, jederzeit und überall. Weil er ja nie wusste, was er wollte.

Lange Zeit stellte es die Ameise zufrieden, einfach nur zu laufen. Solange sie lief, spürte sie, dass sie am Leben war. Solange sie laufen konnte, hatte sie das Gefühl, vorwärtszukommen. Zuerst war es nur Flucht. Nichts wie weg! Und dann weiter. Irgendwann wurde die Flucht Selbstzweck. Aber einmal musste sie doch erschöpft innehalten und sich fragen, wohin sie noch führen sollte, ihre ständige Flucht. Das erste Ziel hatte sie ja erreicht –

der tödlichen Bedrohung durch ihre Brüder und Schwestern zu entkommen. Jetzt musste sie zusehen, dass sie auch weiterkam, nicht nur einfach weg. Noch ging es ihr gar nicht darum, irgendwo anzukommen, sondern einfach nur darum, vorwärtszukommen. Und dazu musste sie laufen. Immer am Ufer entlang. Sie machte sich also wieder auf den Weg.

Im Grunde war er zufrieden. Er hatte etwas, wogegen er sich stemmen konnte. Jeden Tag aufs Neue musste er sich erheben und gegen den grenzenlosen Sog der Schwerelosigkeit ankämpfen, der unentwegt an ihm zerrte. Er war unfähig, sich einfach in sein leeres Bett aus Luft zu strecken, die Hände hinter dem Kopf zu verschränken und darauf zu warten, dass er sich irgendwann in das Nichts auflöste, das seine Heimat geworden war. Seine Muskeln verlangten nach Anstrengung, sein Körper wollte sich bewegen, er brauchte Auslauf wie ein Hund.

Er hatte schon früh erkannt, dass der Mangel die Triebkraft des Lebens, und der Mensch ein Mangelwesen ist. Mangelhaft. Aus dem Mangel erwuchsen Ziele: *Hinauf! Schneller! Weiter! Mehr!* Die Gefahr lauert oben, dort, wo alles erreicht worden ist, wo sich die Güter überhäufen, den Begüterten begraben. Mangel strebt zum Überfluss; Überfluss nimmt uns in die Mangel: Überdruss.

Früher hatte es für ihn nur unerreichbare Dinge im Leben gegeben. Er wusste ihren Wert zu schätzen.

Eine Zeit lang hatte er nach Zuwendung gebettelt und bekam – prompt sein Fett ab. Er erntete Verachtung, Hohn und Spott und wurde erst recht zur Zielscheibe für die sadistischen Quälereien all jener kleinen und großen Hosenscheißer, die sich nach oben durchbeißen oder wenigstens nicht weiter absteigen wollten.

Einmal verfing sich die Ameise in einem dichten Gebüsch. An ein hurtiges, schnelles Laufen war nicht mehr zu denken. Wohin sie sich auch wandte, überall wuchsen kleine, störrische Halme aus dem Boden, unter denen sie entweder hindurchkriechen oder über die sie nicht weniger mühsam hinwegsteigen musste. Das Klügste wäre vielleicht gewesen, so schnell wie möglich umzukehren und einen Weg zu suchen, der sie dieses Gestrüpp umgehen ließ. Aber ihr Drang vorwärtszukommen war stärker als ihre Vernunft. Umkehr kam für sie nicht infrage. Sie wollte weiter – und hindurch! Sie verbiss sich regelrecht in ihren Weg, und das war wortwörtlich zu nehmen: Sie packte jeden einzelnen Halm, der ihr im Wege stand, geduldig zwischen ihre Kieferzangen und zwackte ihn ab, einen nach dem anderen, Tage über Tage, unermüdlich, wochen-, ja, sogar monatelang. Und irgendwann hatte sie es tatsächlich geschafft; das Dickicht vor ihr wurde mit einem Mal dünner und lichter, ein paar Halme noch, ein bisschen Gestrüpp, das störrisch den Weg versperrte, und sie stand wieder vor einer weiten, weißen, sandigen Ebene, wie sie sie so liebte: Durchgebissen!

PHASE IV – BEG*REIFEN*

Nichts!

Die Zeit, die ihm noch blieb, würde lang werden, das wusste er. Eine Ewigkeit lang. Er brauchte eine Aufgabe, dringend. Schade eigentlich, dass alle Systeme, die zu seinem Überleben notwendig waren, immer noch so gut funktionierten. Keine Schäden in der Sauerstoffversorgung; Umwelt, Klima arbeiteten tadellos, Nahrungsmittel und Sauerstoff hatte er reichlich: für sechs Jahre, ausgelegt für eine Besatzung von acht Mann, an alles war gedacht ...

In seinen dunkelsten Stunden fand er eine Art perversen Trost darin, dass sich ihm schon lange nicht mehr die Frage stellte, wie er sein Leben zu führen hätte, sondern nur noch – quasi als Tribut an seine Verzweiflung –: Wie lange noch? Die Resignation ließ sich aushalten, wenn man sich erst einmal an sie gewöhnt hatte. Sie verlieh ihm sogar eine eigentümliche Art der Ruhe, vorgekostete Totenstille sozusagen. Solange er nicht körperlich beeinträchtigt war, ließen sich die seelischen Qualen verschmerzen. Fast wünschte er sich eine ernsthafte Krankheit herbei, nur um endlich wieder einen Grund zu haben, seine derzeitige Lage zu ändern und wieder gesund zu werden. Aber seine medizinischen Werte waren optimal; kein Wunder, er achtete auf seine Gesundheit, weil er sich selbst achtete, denn er fühlte eine seltsame Besonderheit in dem, was er war. Eine eigentümliche Art von Stolz, Stolz darauf, sich aushalten zu können.

Dass er überhaupt noch da war, das war unerhörtes Glück, Schicksal, das Ergebnis am Ende einer Kette unglaublicher

Zufälle. Dass er aber auch da blieb, das war allein sein Wille, lag ganz in seinem eigenen Ermessen.

»Wirklich?«, fragte er sich. War es tatsächlich ausschließlich seine eigene Entscheidung, zu bleiben oder nicht? Verkannte er da nicht vielleicht den von Grund auf angestammten Willen zum Leben, der jedem Lebewesen von Geburt an eingeprägt ist? Unterschätzte er nicht einfach seine Angst vor Schmerzen? Vor dem Sterben?

In seinen Träumen waren Stimmen, die ihm das Ende vieler Enden zeigten: ein weit in den Raum hinauswachsendes, zarthaariges Geflecht, weiß schimmernd, bleich fließend bis in die feinsten Verästelungen, Sterne und Galaxien umwuchernd; kosmischer Schimmel, flaumgesponnener Kokon um Gestirne. Faszination und Ekel in einem. Und namenloses Grauen.

Die Trauerzeremonie verlief kurz und effizient, selbst das hatten sie trainiert, damals auf der Erde. Die kryogenischen Kammern auf ihre Standardfunktionen hin zu checken und den Tod der übrigen Besatzungsmitglieder festzustellen fiel ihm erstaunlich leicht, vielleicht hatten sie ihn gerade deshalb ausgewählt.

Er verdunkelte die sieben Schlafkammern, die nun zu sieben Särgen geworden waren und wünschte ihnen allen Glück. Er verabschiedete sich von ihnen, es fiel ihm relativ leicht. Er hatte noch keine Zeit gehabt, sein Herz an sie zu binden, dazu war das Training zu hart gewesen. Während des halben Jahres der Vorbereitungen für den Flug waren sie ihm Kollegen gewesen, mehr nicht. Ausgewählt vom Computer und legitimiert von einem Ausschuss, von dessen Existenz er noch nicht einmal wusste. Sie hätten ja noch genügend Zeit sich kennenzulernen, dachte man. Die psychologischen Profile jedenfalls passten optimal zusammen. Dachte man. Genau davon wollten sie sich vergewissern. Fehlschlag.

Nicht gelebt zu haben, ist schon Tod genug. Man sollte die Menschen, die ihr Leben bereits gelebt haben, nicht noch demütigen mit wohlmeinenden Vorschlägen zu einer sinnvollen Lebensführung. Unsere Natur, unser Schicksal, unser Charakter wurde uns zugeteilt, wie einem die Bauchspeicheldrüse, die Lunge, die Leber, alle sonstigen Organe zugeteilt wurden. Wir werden damit geboren, wir werden damit leben müssen.

In seinem Innersten zu leiden, gab seinem Leben Substanz. Glaubte er wenigstens. Er, der nicht glauben wollte.

Er ließ sich treiben. Notgedrungen. Er war jetzt nur noch ein Geschoss, das unaufhaltsam in eine unbegreifliche Leere stürmte. Kein Zurück mehr und keine Schwerkraft, die ihn wieder zur Erde zurückzwingen würde. Nichts.

Die Mechanismen der Trauer waren ihm wohlbekannt: Man lässt den Dingen ihren Lauf; man weigert sich zu schwimmen und geht unter. Der natürliche Lauf der Dinge ist immer abwärtsgerichtet, von einem höheren Energielevel hin zu einem niedrigeren. Entropie. Schwerkraft. Schwermut.

Die Gravitation ist eine Göttin, dachte er in einem Anflug von Galgenhumor. Gravitätische Gravitation: Der Himmel leer, die Erde und die Sterne in einem einzigen Sturz im dunklen Nichts begriffen: Man sollte die Schwerkraft mit geradezu religiöser Inbrunst verehren – ist sie doch das Einzige, was uns Halt gibt.

Seiner Trauer konnte er nicht abhelfen. Sie saß zu tief. Erleichterung fand er nur noch in dem schäbigen Glück, das sich aus dem Unglück der anderen speiste. Ein perverser Trost, der eine fatale Entwicklung zur Folge hatte, wenn er niemanden fand, der noch unglücklicher war als er selbst ...

Schwacher Trost, wenn es denn einen gab: Keiner konnte ihm hier draußen das Wort abschneiden, abgeschnitten von allen anderen, wie er es war.

So etwas war ihm schon häufig passiert, wenn er so darüber nachdachte. Die Menschen, die er kannte, hatten nicht viel Talent zum Zuhören; jeder Schauspieler hält die eigene Rolle für die bedeutendste des Stückes, die der anderen habe sich darauf zu beschränken, den eigenen Auftritt umso glanzvoller erstrahlen zu lassen.

Jeder sieht nur die Wahrheit, oder besser gesagt: Evidenz der eigenen Bedürfnisse, die notwendigerweise mit denen der anderen kollidieren müssen.

Er war Menschen begegnet, die mit keinem der üblichen Maßstäbe zu messen waren. Eben weil sie nichts Besonderes

waren. Bislang hatte sich noch jeder und jede, die er kennen-
gelernt hatte, als etwas Besonderes, manche gar als etwas ganz
Besonderes gesehen. Ecce homo! Klar, sicher! Aber nicht nur
das. Sondern zuerst und vor allem: Ich! Ich, und Ich und nochmals: ICH!

Wer menschlich werden will, der muss von sich herabsteigen, dachte er.
Denn nach unserer je eigenen, persönlichen Vorstellung waren
wir immer größer als die anderen. Unsere Eigenliebe erhob
uns meilenhoch über die Menschen. Menschwerdung aber ist
immer mit der äußersten Demütigung verbunden – so zumindest verstand er die Geschichte von der Kreuzigung, auch wenn
er es nicht verstehen konnte. Zur Bestie war der Mensch schon
geboren, zur Menschlichkeit musste er erst noch finden.

Kreuzigung als schmerzreiche Geburt für andere?, fragte er sich. –
Hier draußen kreuzigte man sich jeden Tag. Kein Witz. Um
dem Muskelschwund durch die Schwerelosigkeit entgegen-
zuarbeiten, hatten sich die Ingenieure einen ganz besonders
effektiven Folterapparat ausgedacht, die gyroskopische Auf-
hängung, von allen nur »das Kreuz« genannt, an dem man
jeden »Tag« mindestens zwei Stunden seine Muskulatur trai-
nieren musste, wenn man nicht verfallen wollte. Wozu aber
erst durch die Hölle gehen, wenn man sich hernach doch nur
in der »Nachbarzelle« wiederfindet? Als ob Leid ein Wert an
sich wäre, zu leiden verdienstvoll. Nichts von alledem, davon
war er überzeugt. Leid ist Leid, Qual, Schmerz, elende Tortur
und nichts sonst. Es soll ihm bloß keiner mit irgendwelchem

metaphysischen Quatsch daherkommen. Wer unbedingt wissen will, wie es im Himmel aussieht, der soll doch mal hier hochkommen und die furchtbare Leere am eigenen Leib spüren, den eiskalten Atem absoluter Finsternis im Nacken. Das ist es, das vielgepriesene Königreich hoch droben im Himmel ...

Gott, sie hatten ja nicht gewollt, dass sie so waren, wie sie geworden sind, aber nun wollten sie doch auch so sein, wie sie nun einmal waren – sie hatten dazugelernt.

Für ihn aber war es die größte aller Kränkungen gewesen, dass ihm all seine Individualität nicht aus seiner Mittelmäßigkeit verhalf. Er war fundamental anders als die anderen, das wusste er genau, aber genau darin unterschied er sich in nichts von den anderen. Alle wollten sie andere sein. Und da die meisten bessere Schauspieler waren als er, konnten sie ihre Rolle auch wesentlich überzeugender verkörpern, als er dazu jemals in der Lage gewesen wäre. Sie waren anders als er, weil sie besser spielten, besser mitspielten. Er dagegen blieb immer gleich. Gleich im Mittelmaß – es blieb sich gleich.

Für ein paar kostbare Augenblicke praller Lebendigkeit diese ganze, zähe Prozedur nackten Existierens auf sich genommen zu haben – das soll das Leben ausmachen? Diese Frage stellte ihn. Stellte ihm nach in seinem nachtdunklen Sturz durch die Leere. Er wusste aber auch, dass es keine Antwort gab. Jedes Ja und jedes Nein erschienen ihm sinnlos. Man musste das Leben einfach aushalten, ertragen wie eine unheilbare Krankheit. Ebenso die Sinnlosigkeit – wo bliebe sonst seine Freiheit, auf die er ja immer so viel Wert gelegt hatte. Er dachte nach: Gäbe es eine Wahl, glücklich zu sein, aber unfrei – würde er es so wollen? Gefangen im Glück, eingekerkert in immerwährender Ekstase?

Der Rote Alarm riss ihn aus seinen Gedanken. Eine Plasmaleitung in Sektion neun drohte zu kollabieren, wenn er nicht sofort handelte. Er erhöhte die Stärke der magnetischen Kraftfelder in den betroffenen Sektionen, um die Fluktuation zu stabilisieren. Danach würde er den gesamten Komplex austauschen müssen, daran führte kein Weg vorbei. Aber solche Probleme zu beseitigen, war eine Kleinigkeit, dafür war er ausgerüstet. Einen solchen Defekt hätte SIE eigentlich vollkommen autonom beheben müssen. Die Kollision hatte wohl doch mehr Schaden angerichtet, als er bislang hatte identifizieren können. Er machte sich an die Arbeit.

Außer sich selbst hatte er keine Probleme. Er selbst war es.

Sein Problem.

Probleme ließen sich nicht bewältigen, und lösen schon gar nicht, das hatte er erfahren. Die scheinbare »Lösung« eines Problems schaffte stets nur wieder neue, meist noch problematischere ... Probleme ließen sich allenfalls bearbeiten, aufgliedern in viele kleine, einzelne Probleme, die bearbeitet werden konnten. Es lief auf einen nicht enden wollenden Zergliederungs- und Regressionsprozess hinaus, auf Aufspaltungen bis ins Unendliche. Genau darin lag das Problem: Die Bedingung der Möglichkeit aller Existenz selbst war möglicherweise das Problem. Und dafür gab es keine Lösung, konnte es keine geben, denn sonst wäre die Welt nicht, was sie ist. Punkt.

Nichts als schwarze Augenhöhlen, blind in die Finsternis starrend, den bleichen Totenschädel schon verschlungen – in weit tieferen Tiefen, als der Tod es je vermöchte. Die Hölle hinter der Welt, die aus dem Nichts geboren ward: die Verdammnis.

Da draußen herrschte die Stille. Totenstille. Die stumme Königin der Nacht, gekrönt von blühenden Sternen und in einen Schleier leuchtender Protuberanzen gehüllt.

Eine majestätische Ruhe, die nicht zu ertragen ist. Diese unendliche Tiefe des Alls, seine absolute Gleichgültigkeit. In den Weiten hier draußen schrumpfen ganze Galaxiencluster zu einem bedeutungslosen hauchzarten Flackern – wie schnell erst schwindet da ein einzelner Stern, gar ein Mensch.

Der Mensch hat nur für den Menschen Bedeutung – und in den meisten Fällen nicht einmal das. Im Grunde hatte nichts eine Bedeutung – wer wüsste das nicht? Und was lag schon daran? Das Reich der Freiheit erfordert nun einmal den unendlichen Raum, in einem engen Käfig gibt es keinen Raum zur Entfaltung. Freiheit braucht Raum, unendlichen Raum – das Nichts, die Unendlichkeit. Wozu sich also Gedanken machen?

Nun, so viel freien Raum wie es hier draußen gibt, braucht kein Mensch. Im Gegenteil, er ängstigt ihn, untergräbt ihn. Viel mehr noch als Freiheit erstrebt der Mensch Sicherheit, einen festen Rahmen, eine enge, überschaubare kleine Welt, in der man es sich gemütlich einrichten kann – um hin und wieder in die Freiheit aufbrechen zu können.

Denn *unterwegs zu sein* bedeutet *Heimischsein* in der Welt. Das ist die Faszination, die das Reisen ausübt. Der Nomade ist der eigentliche Heimatverbundene. Das Leben ist etwas, das unterwegs ist.

Er fühlte sich stets wohl, wenn er unterwegs war. Egal, ob er auf dem Fahrrad, mit der Eisenbahn oder dem Flugzeug die Erde unter sich und an sich vorbeiziehen ließ, stets erfüllte ihn ein Gefühl tätigen Suchens, stolzen Bezwingens und der Lust, aktiv am Leben teilzunehmen. Wenn er auf Reisen war, schien es ihm, als ob die äußere Bewegung auch eine innere Dynamik in Gang setze. Indem man die gewohnten Pfade verlässt, den Raum der Freiheit betritt, muss man sich auch ständig den wechselnden Umständen der verschiedenen Orte anpassen. Unterwegs muss man wachsamer, aufmerksamer sein auf das, was um einen herum geschieht, als wenn man zu Hause in vertrauter Umgebung narkotisiert vor sich hindöst. Man wird sinnlicher durch das Reisen, gierig verschlingt das weit aufgedrehte Sensorium unserer Sinne alle neuen Eindrücke; wir saugen die Welt in uns wie eine Stechmücke das ihrer Brut notwendige Blut. Die verlorene Zuflucht unserer gewohnten Tätigkeiten und Gewohnheiten eröffnet uns unterwegs neue Räume der Er-Fahrung, stellt freien Stauraum in der Asservatenkammer unseres Erinnerungsvermögens zur Verfügung. Reisen ist nomadisierendes Sammeln, Suchen und Verlieren; Sucht in der Suche, Lust am Verlust.

Er hatte sich für die Jupiter-Außenmission gemeldet, weil er glaubte, dass er auf der Erde nichts mehr zu erledigen hatte. Er war Wissenschaftler. Und auf seinem Fachgebiet, der Astrometrie, waren die Forschungsmöglichkeiten unten nun einmal naturgemäß eingeschränkt. Wenn er eine Antwort auf seine Fragen finden wollte, so konnte er sie nur hier draußen finden. Er musste direkt zu den Sternen. Er musste sie fühlen, begreifen können. Trotz aller fortgeschrittenen Technologie, über die er auf der Erde verfügte: Sie lieferte ihm letztendlich nur Daten. Überaus genaue und exakte Daten, gewiss. Aber die Daten allein bedeuteten nichts. Daten sind Abbilder, mehr nicht. Er hätte genauso gut versuchen können, in einen Spiegel hineinzugreifen, um die wirkliche Welt, die hinter ihm lag, zu fassen versuchen.

Für eine Ameise stellte sich die Frage erst gar nicht, ob sie für sich gehen, ob sie vorangehen oder ob sie lieber mitgehen wolle. Ameisen sind die geborenen Mitläufer. Herdentiere selbst da, wo sie scheinbar allein und ziellos das Gelände durchstreifen. Eine Ameise geht nie für sich allein, sie ist Teil eines Kollektivs, in der das Individuum nichts zählt …

Ist es möglich, dass man selbst immer kleiner wird, je größer sich die Aufgabe auswächst, der man ausgeliefert ist? Zwei

Heimsuchungen, verknüpft in einem Verhängnis: eine alles erdrückende Last, gegen die es keinen Ausweg gibt. Verdammnis.

Wenn sie auch nur eine entfernte Vorstellung von den maßlosen Entfernungen in der Welt gehabt hätte, in der sie lebte, sie hätte sich wohl gewundert, um wie viel ihr Radius in ihrer unfassbaren Welt angewachsen war. Was ihr vor Wochen noch wie eine Expedition zu einem anderen Kontinent vorgekommen war, war ihr jetzt nur noch eine überschaubare Strecke, die sie leicht in zwei, drei Tagen bewältigen konnte. Je weiter sie hinaustrat, desto mehr schrumpfte ihr die Welt; und desto mehr Horizonte eröffneten sich ihr. Die Welt wurde größer und kleiner zugleich; größer in ihrer Ausdehnung, kleiner in ihren Entfernungen. Wieder überkam sie das Gefühl ihres ganz persönlichen, unschuldigen Stolzes: Sie selbst war es, die hinaustrat ins Leben. Allein stand sie inmitten der Welt, das begriff sie jetzt, denn wo sie sich gerade auch immer befinden mochte, sie war der Mittelpunkt ihrer Welt, ein anderer Bezugspunkt existierte nicht für sie.

Was die Leere anbetraf – wenn er an die vielen durchschnittlichen Existenzen dachte, die ihr Leben in unendlicher Einförmigkeit und blankem Stumpfsinn zu führen sich gezwungen sahen, dann hatte er es eigentlich ganz gut getroffen, fand er. Sein Leben hatte er durchaus als reich und erfüllt erlebt – bis zu diesem Zeitpunkt jedenfalls. Nein, er konnte sich weiß Gott nicht beklagen, immerhin war er der einzige Mensch bisher, der den unendlichen Abgrund jenseits des Jupiters mit eigenen

Augen zu sehen bekommen hatte – auch wenn es da nicht viel zu sehen oder zu messen gab, wie er zugeben musste. Aber er befand sich hier! Er! Als Einziger!

Manchmal stellte er sich vor, sein Schicksal sei auf geheimnisvolle, nicht wahrnehmbare Weise mit dem von vielen anderen, ja, mit der ganzen Welt verknüpft. Eine Vorstellung, die in der Tat viele mit ihm teilten. Wer sonst niemanden hatte, mit dem er sein Leben teilen konnte, der wollte sich wenigstens unleugbar als ein Teil des Universums fühlen. »Teile und herrsche!« – kindliche Allmachtsphantasien waren es, die hinter alledem stecken. Dabei ist ja in der Tat jede Person ein Teil des Universums, das allerdings kam zumeist auch ganz gut ohne sie zurecht. Zu Recht? »Zu Recht und Unrecht befragen Sie Ihren zuständigen Justizbeamten oder Moraltheologen!« Die Moral der Natur, die natürlichste Moral war, dass es keine gab.

Ihm wurde bewusst, dass er in der künstlichsten aller möglichen Welten lebte. Im Inneren einer metallischen Blase, ernährt, gewärmt und beatmet von einer hochkomplizierten, ausgeklügelten Apparatur, die er sorgsam pflegen und warten musste, wenn sie ihn ihrerseits am Leben erhalten sollte. Es lag an ihm: Er musste die Maschine am Laufen halten, damit sie ihn am Leben erhalten konnte. »Wie du mir, so ich dir …«

Wenn er so zurückdachte – es hatte lange gedauert, unverhältnismäßig lange, bis er sich aus seinem selbst gesponnenen Kokon hatte befreien können. Die Zumutungen der frühen

Jahre hatten ihn so sehr bedrängt, so verletzlich und verwundbar gemacht, dass er keine andere Wahl mehr gesehen hatte, als sich selbst in ein unsichtbares, panzerfestes Gewebe einzuhüllen, worin nichts und vor allen Dingen: *niemand!* ihn erreichen konnte. Ein undurchdringlicher Schild gegen die Welt, die ihn aufs Äußerste zu bedrohen schien.

Eine Zeit lang hatte er sich darin auch wohl gefühlt, sicher und stark, keinen anderen Gesetzen unterworfen als den eigenen. Das Problem war nur: Er selbst wuchs heran, sein Panzer jedoch nicht. Mit jedem Tag wurde es enger darin. Es dauerte nicht lange, und die schützende Kapsel, die ihn so herrlich vor den Anfeindungen der Welt schützte, zwängte ihn ein, presste ihn an ihre Hülle, nahm ihm jede Bewegungsfreiheit und raubte ihm den Atem. Abermals drohte er zu ersticken.

Nichts schlimmer als Außenarbeiten! Es ist weiß Gott kein Vergnügen, aus dem Schiff aussteigen zu müssen, um an der Hülle Reparaturen durchzuführen. Aber er hatte keine Wahl. Er musste den Schaden, den der Meteoritenhagel am AV-Modul hinterlassen hatte, schon genauer unter die Lupe nehmen, um eine verlässliche Planungsgrundlage für das weitere Vorgehen erstellen zu können. Er zog seinen Overall aus und schlüpfte in die Thermounterwäsche, die mit einem ausgeklügelten Kühlungssystem ausgestattet war, um die Körperwärme ableiten zu können, die sich ansonsten in dem hoch isolierten Raumanzug stauen würde. *Es liegt eine gewisse Ironie darin,* dachte er, *dass man an einem Hitzschlag sterben kann, sobald das Kühlsystem im Anzug ausfiel. Und das bei einer Umgebungstemperatur von minus 273 Grad Celsius – absoluter Nullpunkt.*

Er stieg in das Unterteil seines Raumanzugs, das an einem speziellen Gestell befestigt war und achtete peinlichst darauf, dass sein Körper in die richtige Position innerhalb des Anzugs gleiten konnte. Dann angelte er sich das Oberteil aus dem Gestell, schob seine Arme in die Ärmel und prüfte noch einmal die Verschlüsse. »Stiefel. Die Verschlüsse an den Knöcheln, der Taille und der Handgelenke überprüfen.« Seine Hände glitten in die klobigen Handschuhe, die sich an den Ärmelenden festsaugten. »Tornistergerät.« – »Die Anschlüsse checken: Strom, Luft, Wasser.« Zuletzt zog er mit den Handschuhen den Helm herunter, der automatisch in den Kragen des Oberteils einrastete. Einen Herzschlag lang wartete er auf das leise Zischen der Einlassventile, das ihm auch akustisch anzeigte, dass seine Sauerstoffversorgung funktionierte.

Das war's. Er war jetzt auf voller autonomer Lebenserhaltung. Seltsamerweise verspürte er immer ein ganz besonders intensives Gefühl der Geborgenheit, sobald er in seinem Raumanzug steckte und die Kontrollleuchten am Handgelenk ihm anzeigten, dass alle Lebenserhaltungssysteme arbeiteten. Jetzt mochte passieren, was da wolle;– er befand sich in seiner eigenen winzigen, abgekapselten kleinen Welt, die ihn beschützte und am Leben erhielt. *Wie ein kleiner Junge, der sich unter die Bettdecke verkriecht, weil er die Dunkelheit fürchtet,* dachte er.

Er drückte mit dem Handschuh auf das bernsteinfarbene Tastenfeld an der Wand, damit die Luft aus der Vorkammer zur Schleuse abgepumpt wurde.

Gerne hätte er sich noch kleiner gemacht. Er erinnerte sich wieder an die frühen Jahre zurück, an die glückliche Zeit, als ihm seine Rüstung noch wie eine weite, geräumige Kammer erschienen war, eine von dem Gefühl von Heimat durchwobene Kapsel, die ihn in einer weichen, runden Höhle geschützt und geborgen hatte.

Er
Nichts

eingeschlossen
ausgeschlossen

nur das All

– allumschlossen

Er hielt unwillkürlich den Atem an. Diesen einen Schritt hatten sie bestimmt schon hundertmal geübt. Aber kein Training der Welt hatte ihn auf diesen Moment vorbereiten können. Diesen einen Schritt musste er letzten Endes doch ganz alleine tun. Das konnte ihm keiner abnehmen. Er musste es tun. Jetzt.

Auf sein Zeichen hin öffnete sich ein winziger Spalt, durch den das tintige Dunkel des Alls in die Druckkammer sickerte. Der Spalt weitete sich im Zeitlupentempo, bis die Schleusentür vollständig geöffnet war. Nun stand er vor dem absoluten Nichts. Ein knapper Quadratmeter vollkommener Leere und Finsternis. Er fühlte sich von diesem Loch in der Welt förmlich hinausgesogen, was nicht nur an der voraufgegangenen Luft-Extraktion in der Schleusenkammer lag.

Jetzt musste er es tun. Nur ein einziger Schritt trennte ihn davon, in die Unendlichkeit hinauszutreten ...

Vergebens! Nicht mehr an die eigenen kleinen Lügen glauben zu können, ist ein Verlust, der nicht wiedergutzumachen ist. Die Wahrheit ist grausam, sie ist der Tod. *Die einzige Wahrheit ist das kalte und lebensfeindliche, dunkel lauernde All um uns* ...

Keine Träume mehr. Blinde Augen in der Dunkelheit.

Er fühlte die Leere schon körperlich, spürte gierigen Atem in seinem Nacken. Ihm fröstelte. Mondnacht.

»Das geht vorbei!«, versuchte er sich zu beruhigen. »Das geht vorbei!« Er ging weiter. Es ging weiter.

Er schloss kurz die Augen, hielt den Atem an und stieß sich dann von der Luke ab. Ein bodenloser Abgrund eisiger Finsternis schluckte ihn.

Ein unbeschreibliches Gefühl! Jetzt gab es nur noch ihn, nichts sonst. Obgleich er ja immer noch mit dem Versorgungsseil wie ein Baby an seiner Nabelschnur an das Mutterschiff gekettet war, fühlte er eine nie zuvor gekannte Freiheit. Er allein – hier mitten im Nichts, in einem unendlichen Sturz, nach allen Richtungen gleichzeitig hin taumelnd. Ein Tauchgang mitten hinein in das, was nicht Welt ist – Traumverfallenheit. Sturz ins Nichts, Fall in sich – ich – Ich – Ich! Er stürzte sich in eine unglaubliche Euphorie, von der er nie geglaubt hätte, dass er zu ihr fähig gewesen wäre. Er war die Welt! Das Universum – er allein!

Tiefenrausch. Eine ganz gewöhnliche Reaktion auf den erhöhten Stickstoffpartialdruck in den Geweben und in den Blutgefäßen im Gehirn, er kannte die Symptome genau. Tiefer taumelnder Tiefenrauschzustand … sssst … Zu viel Stickstoff im Blut, winzige Gasblasen, die sich darin sammeln, ihn zu ersticken … fssst …

Ein Hustenanfall brachte ihn soweit wieder zur Vernunft, dass er den Sauerstoffdruck erhöhen konnte. Langsam! Ganz langsam! Nur nicht die Nerven verlieren.

Wir stützen uns auf das Nichts wie auf eine Krücke, weil nichts von Bedeutung ist. Und das bedeutet uns sehr viel, es ist nicht zu ertragen.

Er schwebte inmitten eines unermesslichen Raumes – und war doch eingesperrt. Seine Freiheit war grenzenlos – innerhalb seiner Kapsel.

Er war nur Zufall, austauschbar. Er war *nicht erforderlich* für die Aufführung des Dramas. Wir alle sind es nicht. Wir sind alle nicht, nichtig. Nichts … *ist demütigender*, dachte er sich. Nichts kränkte ihn mehr als so unmissverständlich vorgeführt zu bekommen, dass er austauschbar war. Nichts war es mit seiner kostbaren Individualität, mit seiner ausgesuchten Einzigartig-keit, seinem hohen Stolz, seiner Unverwechselbarkeit – nichts war es damit – Nichts!

Er wandte sich um. Er war müde. Eine abgrundtiefe, bleierne Mattigkeit stieg in seinem Körper auf, drückte schwer auf Auge und Brust. Sein Körper zuckte zusammen, als gehörte er ihm nicht mehr; mit tastender Hand suchte er verzweifelt Halt.

Seine Augen flehten stumm in die Nacht hinein. Seine Hände umklammerten ein Brückengeländer; er ließ seinen Körper schwer auf das Pflaster fallen. »Bitte, gib mich frei…«

Augen umschattet, Nacht auf den Lidern, die Stimme verstummt, versickert echotröpfelnd ins Dunkel… »Bitte!«…

Er fürchtete die Dunkelheit mehr als die Stille. Gegen die Stille hatte er seine Stimme, stumm flüsternde Gedanken, die ihn niemals alleine ließen. Aber gegen die Dunkelheit war er machtlos. Sicher, er hätte jederzeit den Helmscheinwerfer einschalten können, aber außer ihm selbst gab es ja nichts, was er hätte beleuchten können. Die einzigen sonstigen Lichtquellen hier draußen waren die korrigierten Spiegelungen seiner Kontrollleuchten, die ihm wie glühende Augen auf seiner Sichtscheibe entgegenstarrten. Und natürlich das Schiff hinter sich. Aber sonst gab es nichts zu sehen. Noch nicht einmal Sterne. Sterne kannte er nur von der Erde – strahlend und schimmernd in eisiger Nacht. Der kalte Atem dieses unendlichen Abgrunds hier draußen aber verschlingt die hellsten Sonnen. Blasse Schatten ihrer selbst, stumm verlöschend ins Nichts.

Er mochte die Dämmerung nicht. Sie war ihm unheimlich. Die Dinge darin versanken dann immer so plötzlich und unvorbereitet ins Nichts. Er hätte gerne einmal den genauen Zeitpunkt, diesen einen entscheidenden Bruchteil einer Sekunde festgelegt, an welchem die Farben zu einem einheitlichen Grau

und die Konturen zu schattenlosen Schemen werden – diesen
winzigen Moment, an dem die Dinge des Tages aus der Welt des
Tages in die Nacht fallen.

Nicht Nacht

noch nicht

Nichts als

Nichts

nächtens

Ihm stockte der Atem. Unwillkürlich griff er in seinen Handschuhen nach dem Sicherungsseil, das ihn wie eine Nabelschnur mit SIE verband, dem Space Interplanetary Explorer.
Die unersättliche Leere des Weltraums zerrte an ihm, drohte
ihn zu verschlingen – er heftete seinen Blick krampfhaft auf
die Außenhaut des Schiffes, seine Augen saugten sich an jeder
erkennbaren Strebe und Ausbuchtung fest, an die er sich im
Notfall vielleicht noch klammern könnte.

*Wie ein kleiner Junge, der sich nicht traut, vom Zehn-Meter-Brett zu
springen!*, dachte er. *Lächerlich!*

Er war ein guter Schwimmer. Mitten ins Meer geworfen aber hätte
auch er ertrinken müssen. Es würde nur etwas länger dauern.

Oder er würde verdursten, inmitten des Ozeans – ja, das hatte
was, das war der heitere Zynismus des Lebens, worüber nur
Todgeweihte lachen können.

Wasser spiegelt nicht sich in Wasser, aber ein Gedanke träumt sich im anderen. Vergessen umschlingt die geborenen Dinge und macht sie zu dem erst, was sie immer schon waren. Der Himmel fällt zurück ins Nichts und umflutet die Sterne mit seinem Versprechen. Kein sichtbares Auge wacht noch in der Tiefe der endgültigen Nacht; auch Sterne verblühen, wenn ihre Zeit gekommen ist.

Die Abneigung vor der Welt ist wie das Zögern vor einer Geburt. Und diese Abneigung hat ihren berechtigten Grund. Denn diese Welt ist nicht die unsere und wird es niemals sein. Vielleicht sollten wir sie besser gar nicht erst betreten. Aber das Nichts hält uns nicht, presst uns unweigerlich in die Welt hinaus; das Nichts hält es nicht aus, nichts zu sein und: *wird*. – Vielleicht verhält es sich auch gerade umgekehrt: dass es die Welt ist, die uns in sich hineinsaugt: die Existenz eine Implosion in die Welt? Kann das sein? Ausgespien aus dem Nichts stranden wir hilflos in der Welt? Die Geschichte von Robinson Crusoe ist auch die Geschichte einer Geburt.

Er war hier draußen, weil er nicht glaubte, dass sein Leben irgendeine Bedeutung haben könnte. Mit dieser Überzeugung hätte er natürlich überall leben können, also auch zu Hause. Aber hier draußen fühlte er sich denn doch heimischer, im Nirgendwo. Es passte einfach besser zu ihm.

Sein ganzes Leben hindurch hatte er versucht, die Wärme des Bauches zu vergessen. Die Welt ist so leer, so kalt ohne sie. Man hasst, man liebt, man versucht es immer wieder aufs Neue, aber es ist nicht dasselbe, es kann nicht dasselbe sein. Realität schien ihm nichts anderes als das Verlassensein in einer einsamen, kalten Existenz.

Die Leere drang bis in die letzten Tiefen seiner Verzweiflung vor und nistete sich dort ein. Beide waren sie grundlos. Sie gehörten zusammen.

Geboren ins Nichts: Der Weltraum – die absolute Metapher für das lebensfeindliche Leben selbst; der Astronaut, der, noch an einem dünnen Drahtseil wie an einer Nabelschnur hängend, das *Mutter*schiff verlässt, ist dem sofortigen Tod preisgegeben, sobald auch nur der kleinste Haarriss in seiner schützenden Hülle sich zeigt. Ganz wie im richtigen Leben.

Vielleicht ist es genau das, was ihn an Astronauten und dem Weltraum immer schon fasziniert hatte; ihre Verlorenheit im All, die Verletzlichkeit, das Ausgeliefertsein in einer absolut tödlichen Umgebung, ihr Mut zur Leere, zum unendlichen Sturz ins Nichts – zur Freiheit.

Manchmal erschien es ihm, als ob es tatsächlich eine einzige, alles umfassende Antwort auf all seine Fragen gäbe: *Nicht geboren zu sein.*

Welche Weite, welches Ausmaß an Offenheit! Eine Unendlichkeit voller unerfüllbarer Möglichkeiten – welche Ruhe!

Eigentlich sollte er sich glücklich schätzen, denn er hatte nur das Nichts zum Feind. Was, wenn alle Feinde vernichtet, alle

Hindernisse endlich überwunden wären? Wohin mit all dem Zorn, mit all dem über die Jahre aufgesammelten Hass? Das Nichts war stets aufnahmebereit – das musste ihn trösten.

Leider war es ihm in seiner Situation natürlich nicht möglich, einfach mal vor die Tür zu gehen und ordentlich Dampf abzulassen.

Gab es überhaupt etwas, das wirklich unmöglich war? *Ja, dachte er, so zu sein, wie man einmal gewesen ist.* Sich vor den Spiegel zu stellen und dieselbe leidenschaftliche Begeisterung aufzubringen, die man als Zwanzigjähriger empfunden hatte. So verliebt zu sein wie damals. Und so verloren. Überreife, gefallene Frucht, keine duftende Blüte mehr. Sondern mehr, viel mehr. Ein gelebtes Leben mehr.

Sieh in den Spiegel, und du siehst dich selbst. Sieh noch einmal hin, und du siehst die Welt um dich herum. Sieh ein letztes Mal hinein und schließe die Augen, jetzt ist der Spiegel in dir. So erkennen wir die Welt, so verkennen wir sie.

Er hatte längst alle Spiegel an Bord entfernt, er hatte sich stets nur mit Widerwillen darin betrachten können. So gelang es ihm, sich besser zu ertragen, denn so konnte er sich so sehen, wie er sich sah.

Realität ist das, was man daraus macht. Von einem bösen Traum in einer vergleichsweise nüchternen Wirklichkeit aufzuwachen, erleichtert in einem weit höheren Maße, als die Enttäuschung einen niederdrückt, wenn man nach dem Erwachen aus einem angenehmen Traum an eine graue Realität erinnert wird. Aber ist es denn in Wirklichkeit nicht schrecklicher, in einer schrecklichen, aber gewohnten Wirklichkeit aufzuwachen, als von einem lediglich eingebildeten Schrecken befreit zu werden? Realität ist eben das, was man daraus macht. Am besten, das Beste. Bestenfalls wird aber wie gewohnt ein fauler Kompromiss daraus. Und schlimmstenfalls ...?

Gut. Jetzt wusste er wenigstens, dass nichts mehr zu machen war. Sein Ausstieg hatte genau das erbracht, was ihm die Außenkameras und die Instrumente auch schon angezeigt hatten: Die große Parabolantenne ein Totalverlust, wie von der Hand eines Riesen weggepflückt und in die Tiefe des Alls geschleudert; die zentrale Steuereinheit, die die empfangenen Signale registriert, verstärkt und bearbeitet hatte, war ebenfalls zerstört. Das bedeutete: Kein Kontakt mehr. Selbst wenn es ihm gelänge, die verlorengegangene Antenne irgendwie wieder einzufangen und an Bord zu bringen – wofür er gar nicht ausgerüstet war –, ohne das Steuermodul war sie nicht mehr als ein Haufen hochentwickeltes Blech. Er war jetzt vollkommen von jedem Außenkontakt abgeschnitten. Hier gab es nichts mehr für ihn zu tun.

Fast die Hälfte seines Lebens war bereits verstrichen, als ihm endlich klar geworden war, dass er es selbst in die Hand nehmen musste, sich aus seinem selbst gesponnenen Kokon zu befreien. Viel zu lange.

Zuletzt hatte ihn sein Panzer, in dem er sich vor der Welt verschanzen wollte, so sehr eingeengt, dass es ihm bereits die Luft abschnürte.

Eines Morgens wurde ihm bewusst, dass er die Hülle schon abgestreift hatte, aus der er längst herausgewachsen war. Er hätte nicht zu sagen vermocht, wann und wie das geschehen war; alles, was er wusste, war, dass es so war, seit langer Zeit schon.

Er tat einen tiefen Atemzug, sein Blick war klar. Er fühlte sich wie neu geboren.

Die Schatten öffneten sich, Licht flutete durch den sich weitenden Spalt, ein scharfes Zischen stürzte wie eine wütende Schlange in den Raum. Eine Computerstimme meldete:

»Andocksequenz Beta in minus fünf … vier … drei … zwei … eins – Andocksequenz Beta initiiert.«

Ein Blick auf die Kontrollen gab ihm die Bestätigung, dass er seinen Helm jetzt öffnen könnte. Mit einem trockenen Klacken rastete das Scharnier ein.

Er blickte noch einmal auf das Display an seinem Handschuh, und dann atmete er tief ein, schlürfte gierig die künstliche Luft in seine Lungen hinein.

»Zu Hause!«, seufzte er erleichtert.

Der Aufbruch stand unmittelbar bevor, denn er war längst über sich hinausgewachsen. Die Enge würde ihn ersticken. Er musste etwas tun. Endlich. Er schöpfte tief Luft …

… und der Kokon platzte. Endlich. Die Ameise konnte sich noch gut an ihre Geburt erinnern. Ein tiefer Riss in der Welt, von einem Pol zum andern. Mitten entzwei wie mit einem Reißverschluss. Ein paar entschlossene, heftige Bewegungen, und schon hatte sie den Kopf aus der gerissenen Hülle gestreckt. Sie hatte erst einmal tief Luft geholt …

… und fühlte, wie eine ungeheure Kraft mit jedem weiteren Atemzug seinen Körper durchbebte. Er spürte, dass er lebte. Jetzt, in diesem Augenblick, für jetzt wie für immer. Keine Zweifel mehr an der Welt – jedenfalls für den Augenblick.

Sie hatte sich durchgebissen. Was aber nun? Die Ameise stand vor einer weiten, weißen Steinfläche, bedeckt mit hellem Staub, so feinkörnig, dass es für sie kein Problem darstellte, ihrem Weiterkommen also keine Steine in den Weg legte. Instinktiv wählte sie wieder die Südrichtung, immer der Sonne nach. Die Gluthitze auf den Steinen half ihr, Energie zu sparen.

Sie war ein paar Stunden gelaufen, als ihre vibrierenden Fühler einen Geruch ertasteten, der ihr seltsam vertraut vorkam. Sie hielt inne und ließ die Fühler kreisen, um die Position bestimmen zu können, von der dieser Geruch kam. Kein Zweifel, es roch wie … Für einen kurzen Augenblick durchströmte sie ein tiefes Glücksgefühl wie eine warme Welle … Es roch nach einem Kokon! Mit ein paar schnellen Schritten eilte sie darauf zu. Eine alte, bereits durchgebissene Eihaut, die der Wind von weiß Gott woher hierher getrieben haben mochte.

Sie betrillerte diese alte Eihülle eifrig mit ihren Fühlern, sog den kaum noch wahrnehmbaren Duft wie ein Verdurstende tief in sich hinein.

Eines war gewiss: Bei dieser verwehten Hülle handelte es sich um eine Eihaut ihres Volkes! Diesen Geruch würde sie immer erkennen, egal wie alt oder wie schwach er auch sein mochte. Für einen kurzen Moment fühlte sie sich wieder zu Hause, weit weg von der Heimat.

Morgens sangen nun wieder Vögel, obgleich es draußen noch dunkel war. Aber das kümmerte die Vögel nicht, sie wussten, dass endlich wieder Frühling war, mochte es dunkel und trüb sein, wie es wolle …

Fahle Frühlingssonne unter Dunst. Taunasse, ins morgendliche Sonnenlicht getauchte Wiesen, hügelabwärts im grünen Schimmer feuchter, lichtdurchfluteter Luft fließend. Tagesanbruch.

Kühle Morgensonne atmet auf seiner Haut wie ein sanftes, lebendiges Tier. Frühsommerlicht kriecht zögerlich zu den langen Schatten unter der Decke. Sein Mund öffnet sich unmerklich, schlürft weiß glänzenden Nebel; gierig, als wäre es frisches Wasser eines Bergbachs für den Verdurstenden.

Er war tief bewegt von dieser zarten, unerwarteten Schönheit, so überwältigt, dass ihm unbehaglich wurde. Die schüchterne Reinheit dieses Morgens weckte in ihm den Verdacht, dass der Mensch nichts verloren hatte auf dieser Welt; er war hier überflüssig, unerwünscht. Eine Katastrophe, die über den schutzlosen Planeten hereingebrochen war wie eine tödliche Epidemie oder ein aus der Bahn geworfener Asteroid.

Per aspera ad astra – und umgekehrt: Nicht ohne Anmut stürzen Sterne aus heiterem Himmel …

Aber da gab es schon lange keinen »bestirnten Himmel mehr über sich«, das Universum ist leer, Leben selten, eine Kostbarkeit … voller verpasster Gelegenheiten, Türen, die ungeöffnet zufallen. Glückliche Zufälle, die scheitern. Gescheiterte Zufälle.

Verpasste Gelegenheiten – Nebel, der sich in Finsternis lichtet. Unwiederbringlich verloren, unvergessen in trauriger Präsenz. Erinnerungen giftig wie Blei, Gedärm zerfressend. Das haben sie mit den Illusionen gemein. Nur weichen diese gemeinhin einer, wenn auch zumeist bitteren, Wahrheit.

Sie erwachte. Und wie ein Blitz traf sie wieder die Gewissheit, dass sie allein war. Und das auch bleiben würde, bis an ihr Lebensende. Und das war so von der Natur nie vorgesehen. Artfremd.

Fremdartige Gedanken suchten ihn heim. Er fühlte sich von einer Bürde befreit, jetzt, da feststand, dass er nie wieder mit irgendeinem Menschen in Kontakt würde treten können. War er so sehr zum Menschenfeind geworden, dass er die Abwesenheit von Menschen als Befreiung empfand? Das erschien ihm wirklich fremdartig, nein, mehr noch: artfremd.

Er gehörte nicht mehr zu den Menschen, er hatte eigentlich nie recht dazugehört, aber das wusste er ja bereits. Er war nichts anderes als eine Art von Mutation, Mutation durch Isolation, mutatis mutandis. Ein Versehen der Natur, nicht vorgesehen im Getriebe der Welt, und also zum Aussterben verurteilt. *Ja, es gibt Schlimmeres als den Tod*, dachte er bitter: *Aussterben.*

Wie er die Welt mit seinen Augen sah, glich nicht dem, wie die Welt ihn sah – ja, womit? Ihn trafen nicht die lodernden Blicke der Finsternis und auch nicht der dunkle Starrblick lichter Sonnen – das Auge der Welt waren die Augen der Menschen, getrübt, überwuchert und blind inwärts gedreht.

Die Erinnerung an den Kokonduft, den sie so gut aus der Zeit ihres Larvenstadiums her kannte, verfolgte sie einige Tage noch in ihren Träumen.

Flüssige Dunkelheit. Wärme. Das Atmen der werdenden Schwestern ringsumher, gleichmäßig und ruhig. Die spürbare Präsenz der anderen. Niemals allein zu sein, jetzt nicht und später sowieso nicht. Organ sein eines Organismus, keine Teilung vorher und keine Verschmelzung hinterher, sondern Einheit, Tropfen im Ozean.

Jäh durchbrach ein gleißender Riss die Dunkelheit. Wie ein Blitz, der in die Nacht fährt. Die Morgensonne hatte ihre Strahlen punktgenau in den Erdspalt geschossen, in dem die Ameise Schutz vor der Nacht gesucht hatte. Sie blickte reglos ins Licht.

Nachts war er sich sein schlimmster Feind, am Tage dagegen stand er sich höchstens im Wege. Es waren immer dieselben quälenden Gedanken, die ihn nachts nicht los- und die ihn tagsüber so leicht vergessen ließen.

Nacht war, wenn die Borduhr es anzeigte. Jeden »Abend« dämpfte das System um Punkt 22 Uhr 30 in Zwei-Minuten-Intervallen allmählich die zentrale Beleuchtung, um für die Besatzung die Bedingungen für einen halbwegs natürlichen Schlaf-Wach-Rhythmus zu simulieren. Das Besondere daran war: Niemand, nicht einmal die Entwickler des Systems, hatten eine Möglichkeit, diesen Lichtzyklus zu beeinflussen. Wer »nachts« auf der Station noch hätte arbeiten wollen oder müssen, hätte sich schon die Mühe machen müssen, an seinem Arbeitsplatz die entsprechende Lichtquelle einzuschalten. Das »Deckenlicht« war tabu, schließlich konnte man auf der Erde ja auch nicht einfach die Sonne einschalten. Und gerade hier draußen hatte man sich den äußeren Bedingungen anzupassen, wenn man überleben wollte, das zumindest schienen die Menschen unter leidvollen Erfahrungen begriffen zu haben.

Der Begriff »Mitternacht« hatte immer noch zentrale Bedeutung für ihn, weil er in seiner arithmetischen Willkürlichkeit eine Determination heraufbeschwor, die sich im astronomischen Sinne als höchst relativ herausstellte. Denn »Mitternacht« bedeutete im Hochsommer sicherlich ganz etwas anderes als im tiefsten Winter, am Nordkap etwas anderes als am Äquator, jenseits von Pluto wieder ganz etwas anderes als eingekapselt irgendwo in einem unterirdischen Bunker. Und dennoch bewahrte dieser so beliebte Begriff seine ganz bestimmte, einzigartige Bedeutung, seinen höchst eigenen Zauber: Die Mitte der Nacht, kalendarische Scheide zwischen Gestern und Morgen, Tag und Nacht. Die unheimliche Geisterstunde, das Tor ins Jenseits, Traumzeit, Heimat verlorener Seelen ... Nacht, Tag und wieder Nacht, inmitten der Finsternis.

Mitten in der Nacht hatte er sein Domizil aufgeschlagen, im tiefsten Dunkel eine kleine Oase lichterfüllten Lebens errichtet, die so fragil und anfällig konstruiert war, dass schon kleinste Meteoritenstückchen eine Katastrophe auslösen konnten. Aber natürlich hatte sich niemand gefragt, was zum Teufel sie eigentlich hier draußen verloren hatten, eingepfercht in diesem winzigen Stückchen Metall. Seine Situation unterschied sich im Grunde in nichts von der auf seinem Heimatplaneten. Hier wie dort waren sie nichts anderes als einsame Mikroben auf einem verlorenen Staubkörnchen ...

Jedes Tier schon schafft sich seine Welt gegen die Welt. Jeder Vogel baut sein Nest, jedes Insekt gräbt seinen Bau, seine Höhle, seine eigene Welt, um gegen die äußere bestehen zu können. Sie alle kennen Heimat, Geborgenheit nur in dem, worin sie sich verkriechen können. Aber wie sich gegen das Nichts schützen? Da gibt es nichts, wogegen man kämpfen, was man abschütteln, nichts, wovor man sich verkriechen könnte. Der eine, gnadenlose, unbarmherzige Feind, dem kein Wesen entkommt.

Seine Haut – Außen-Innen-Scheide –: eine Grenze, mauerdicht und doch durchlässig wie Gaze. Verhüllt und entblößt, verbirgt das Verborgene und entblößt sich in Scham. Haut ohne Sex ist nicht zu denken. *Nicht für Menschen. Und für den Bordcomputer auch nicht,* dachte er, *weil er ja weiß, wie Menschen denken.*

Seine Haut verbirgt ihn in ihren Zellen und entblößt ihn in ihren Poren. *Nicht ganz dicht!* Zum Glück, denn sonst müsste er ja auf der Stelle ersticken – wie Goldfinger, dieser moderne König Midas.

Seltsam, er kam von diesen alten Geschichten einfach nicht los. Gerade, weil sie keine Bedeutung mehr hatten – jeder Bezugspunkt zu ihnen lag mindestens 540 Millionen Kilometer von ihm entfernt, und diese Entfernung wurde von Tag zu Tag größer. Je weiter er in den Raum vorstieß, desto tiefer versank er in sich selbst. Manchmal verstrichen komplette Zyklen, ohne dass er sich ihrer Gegenwart bewusst geworden wäre. Er lebte dann wie in einem langen, tiefen Schlaf. Darin hörte er manchmal auch die Stimme des Traumerwachens, die ihn daran erinnerte, dass er keineswegs schlief. Sie zog ihre Kraft aus dem dunklen Chaos, in dem er sich verfangen hatte. Wie eine unvorsichtige Spinne, die sich ihr eigenes »Grab« geknüpft hatte. Seine eigene, entfesselte Kraft schloss ihn in sich ein, würgte seine Kehle und raubte ihm den Atem.

Er hatte hier draußen einfach zu wenig zu tun. Das Problem mit all der modernen Technik war, dass sie einfach zu perfekt funktionierte. Er war nicht notwendig für diese Mission, seine Anwesenheit nicht erforderlich. Im Gegenteil. Im Grunde stellte er nur eine Fehlerquelle in diesem hermetischen kalten

Reich der Automaten dar. Trotzdem sorgte SIE für ihn – wie eine Mutter. Darauf war sie programmiert.

Vielleicht sollte er einmal ein lebenswichtiges Modul sabotieren, die Luftumwälzungsanlage beispielsweise, nur um es wieder einmal mit einer existenziellen Herausforderung zu tun zu bekommen. Er lachte: »Existenzielle Herausforderungen« hatte er hier wahrlich genug. Die ganze Situation war eine. Er konnte von Glück sagen, dass alles hier oben einwandfrei funktionierte, jede Änderung, die er selbst vornahm, würde ihm vermutlich den sicheren Tod bringen.

Es war jetzt entschieden. Ein für alle Mal. Klarheit. Keine Ausflüchte mehr. Aus und vorbei. Ein für alle Mal.

– Endlich.

Eigentlich sollte er traurig sein. Am Boden zerstört.

Wie das klang: »Am Boden zerstört ...« Wie nach einem Luftangriff. »Auftrag ausgeführt, Sir! Zielobjekt zerstört. Over.« Und aus.

Eben nicht. Nichts war aus. Von wegen. So einfach war das nicht. Einfach war es nur im Kino und im Fernsehen. Aber nicht im wirklichen Leben. Wirklich nicht. Nichts ist aus. Gar nichts. Das ist es ja eben.

Leben. Weiterleben.

Dass er weltabgewandt wäre! – Das könnte man mit Fug und Recht von ihm behaupten, Millionen Meilen von seiner Welt entfernt – tatsächlich.

Der Ursprung – ferner denn je. Und immer weiter, weiter!

Klar. Weiterleben. Die Frage war nur: Wie? Nicht: Wozu? Diese Frage ist sinnlos. Wie? *Wie?* Das ist das Einzige, was uns interessiert. Wie weiterleben? So wie bisher nicht, das war nun sonnenklar. Zum Glück. Zum Glück? So wie bisher jedenfalls nicht, das war schlimm genug gewesen. Das hatte er vorher schon gewusst, und das wusste er jetzt erst recht. So wie bisher – das war Geschichte.

Es erschütterte ihn nicht wenig, als ihm bewusst wurde, dass ihm eine seiner größten Tugenden, über die er zu verfügen glaubte, jetzt überhaupt nichts mehr nutzte: warten zu können. Er hatte sich zeit seines Lebens in dieser Kunst geübt, und seine Geduld und sein Durchhaltewillen hatten ihm am Ende immer auch Erfolg eingebracht, er hatte also niemals vergebens gewartet. Jetzt allerdings war die Situation zum ersten Mal in seinem Leben eine völlig andere: Es gab nun einfach nichts mehr, worauf er noch hätte warten können, außer vielleicht auf ein Wunder – und natürlich den Tod.

Was soll's?, dachte er. Was war die Welt, was war das Leben? Ein erbitterter Kampf ums Dasein oder freies Spiel der Kräfte? Machte das überhaupt einen Unterschied? Das Leben allerdings sorgte für Unterschiede, die Welt lebte von diesen großen, einschneidenden Abweichungen, Variabilitäten, von den Regelverstößen, die dem Kampfspiel erst seine gewaltige Dynamik verliehen. Die Glücklosen streben nach Glück, die glücklichen Gewinner trachten danach, ihren Gewinn zu erhalten und möglichst noch zu mehren.

Gerechtigkeit? Brüderlichkeit? Gleichheit? Gar Gnade?
Bloße Wörter, von denen die Welt nichts weiß.

Was fehlt? Dass etwas fehlt, spürt jeder. Was es aber ist, wissen
die Wenigsten. Das, was fehlt, ist kein Verlust, sondern ein
grundlegender Mangel, der immer schon vorhanden war. Er
lächelte über seine unterschwelligen Paradoxien. Etwas fehlte,
was niemals vorhanden gewesen war. Ein Defizit in jedem einzelnen Leben. Vielleicht ein Defizit des gesamten Universums,
wer weiß? Nach den Berechnungen der Astronomen müsste es
viel mehr Materie im Weltall geben, als sichtbar ist. Ominöse
dunkle Materie, die den unsichtbaren Mangel ausgleichen sollte.

Weil *ihm* etwas fehlte, glaubte er, dass er gefehlt hätte. Es ist
immer wieder erstaunlich, wie offensichtlich die »Geheim-
nisse« der menschlichen Natur im Grunde vor aller Augen
lagen. Man braucht nur einmal die Perspektive zu wechseln –
»Du musst nur die Laufrichtung ändern«, sagte Kafkas Katze
zur Maus, ehe sie diese fraß.

Wir schauen nicht hin! *Doch, wir schauen hin*, verbesserte er
sich. Aber immer in die falsche Richtung. Augen geradeaus!

Er hatte das Gefühl, dass der Weg, der noch zurückzulegen ist,
kein Aufstieg mehr ist, sondern Abstieg, hinunter in ein Tal, in
das er gar nicht will. Und der Rückweg ist versperrt – es geht nur
vorwärts. Vorwärts, aber nicht länger voran. Sondern hinab. Ab.

Er hatte gelernt, sich diesen Tatsachen zu beugen. Er hatte sich
zeitlebens ducken müssen. *Duckmäuser*. Was blieb ihm anderes

übrig? Er konnte nun einmal nicht ändern, was nicht zu ändern war. Das konnten selbst die nicht, die sich Hypermodernisten nannten, die in ihrer Beschränkung immer noch glaubten, mit dem nötigen Wissen und der richtigen Ausstattung die ganze Welt nach ihren Wünschen formen zu können. Vielleicht vermochten sie es ja, ihre Zukunft nach ihren Vorstellungen zu gestalten, aber sie würden niemals in der Lage sein, die Vergangenheit zu ändern. Und so blieben auch sie zeitlebens Kinder ihrer Zeit. Und werden also die gleichen Fehler begehen. Und vielleicht noch schlimmere.

Er rekalibrierte wieder die Steuerungseinheit der Lebenserhaltungssysteme und überprüfte zum hundertsten Mal die Sauerstoff-, Wasser- und Nahrungsressourcen. Weiter konnte er nichts mehr tun. Das hieß auch: Er brauchte nichts weiter zu tun – welche Aufgabe!

»Atemwende«: Das Wort stieg unvermutet in ihm auf wie die Luftblase eines Tauchers in einem stillen Gebirgssee. Ein winziges, banales »Plopp«, das die herbeiphantasierte Idylle einer romantisierten Urnatur jäh durchbrach.

Atemwende – die unendlich winzige Zeitspanne, die zwischen Herkunft und Abkunft, zwischen Gestern und Morgen, zwischen Sein und Vergessen, zwischen allen möglichen Zeiten und Zuständen liegt. Einatmen. Ausatmen. Dazwischen das Nichts, die Atemwende.

Das Wort stammte aus einem Gedicht, das er irgendwann einmal aufgesogen und dann vergessen hatte. Ein Wort für

Alles. Ein wirkliches Wort. Wie Welt. Wie Wasser; ein Wort wie Leben. Atemwende. Atmen. Ein. Aus. Ein. Aus. … Aus.

Atemende

»Denn die Stille ist wie der Schnee«, hieß es. Darunter konnte es keimen oder faulen. Etwas Schönes konnte entstehen oder etwas Schlechtes absterben. Oder umgekehrt.

Im absoluten Dunkel liegend, wenn die totale Abwesenheit von Licht schon körperlich fühlbar wird – woher weiß man dann überhaupt, dass die Welt noch existiert? Man weiß nur, sicherer denn je, dass man selbst ist, man denkt, man fühlt sich. Aber die Welt? Man weiß, dass sie da sein muss, schließlich atmet man Luft, man verspürt Wärme und Kälte. Reicht das aus, um sich der Welt sicher sein zu können ...?

Gefühle sind wie die Gezeiten des Meeres. Wo tiefere Wasser fließen, trocknet die Erde sich weit hinauf an den Horizont; so die Flut aber kommt, muss man darauf achten, von den strömenden Wassern nicht mitgerissen zu werden ins Verderben.

Und wie viele hocken dennoch wie einstmals dieser alte König auf dem Grunde eines Wadi und beten inbrünstig um Regen ...

Er wünschte sich nichts sehnlicher, als endlich wieder blauen Himmel zwischen sich und der schrecklichen Leere des Weltraums zu bringen.

Er wusste genau, dass die meisten von uns tief im Inneren nichts sehnlicher wünschen, als ihr Leben einmal radikal zu ändern, und dabei nicht bemerken, wie sehr sie das Leben bereits geändert hat – indem sie sich gleich geblieben sind. Manche sind in der Verzweiflung ihrem eintönigen Dasein gegenüber schon so weit gegangen, dass sie sich ernsthaft eine tödlich verlaufende Krankheit wie Krebs oder Leukämie an den Hals wünschten, nur um einen Vorwand zu haben, sich angesichts einer offiziell geoffenbarten Limitierung ihres Daseins das Recht herausnehmen zu dürfen, ihr Leben endlich zu ändern. Merke: Das sichere Leben ist das gefährlichere – es lässt uns wünschen, es zu beenden. Das Bedürfnis nach Sicherheit reißt uns mit Sicherheit in den Untergang.

Eigentlich atmete er reines Gift ein, dachte er. Reiner Sauerstoff vergiftet den Körper in gleichem Maße, wie er ihn am Leben hält. Seine Reaktionsfreudigkeit, seine chemische Radikalität vergiften die Zellen, die dessen Energie doch so dringend benötigen. Alles hat eben seinen Preis. Jeder Organismus bezahlt sein Leben mit dem Tode. Was wir wirklich zum Leben brauchen, das tötet uns auch – auf diesem Grundsatz basiert alles Leben, und das seit Jahrmilliarden. Also kann er so falsch nicht sein.

Es war schwer, den Menschen zu glauben. Selbst dann, wenn sie ehrlich waren. Weil sie selbst dann nicht ehrlich waren. Weil sie gerade dann am unehrlichsten waren, wenn sie glaubten, dass sie ehrlich sind – Menschen glauben nun einmal gerne ihre eigenen Lügen. Und noch viel lieber glauben Menschen fremden Lügen, wenn sie diese für ihre eigene Überzeugungen halten konnten. Das nimmt ihnen eine Menge Arbeit ab, man braucht sich schließlich nicht selbst um eine Meinung zu bemühen, man nimmt sich einfach eine von der Stange, je nachdem, welche einem gerade passt.

Und damit hatten sie im Grunde ja auch recht – bei so vielen Wahrheiten, wer könnte da entscheiden, welche davon gerade die einzig richtige ist, für wen, zu welchem Zeitpunkt, in jedem Fall?

Er redete sich gerne ein, er wäre ein Menschenfeind. Das hätte es ihm einfacher gemacht. Er hätte sich dann einfach von den Menschen fernhalten, sich nur noch um seine eigenen Angelegenheiten kümmern können, ein Raumschiff chartern beispielsweise und den Phönix-Asteroiden nachjagen. Aber die traurige Wahrheit war: Er liebte die Menschen! Aus dem einfachen Grund, weil man nur lieben kann, was man auch hassen kann. Weil man am heftigsten liebt, was einen bezwingen und zerstören kann; weil man das liebt, was einen *überwindet*!

Wenn er so dachte, dann dachte er, er hätte sich überwunden durch die Wunden, die ihm geschlagen wurden, überwältigt von der Gewalt eines anderen Willens. Es war immer schon sein geheimer Wunsch gewesen, die Unerträglichkeit seiner eigenen Existenz einzutauschen gegen das Joch, unter einem anderen Willen zu stehen. Dafür brauchte er sich nicht zu schämen, so erging es schließlich vielen Menschen. Aber so einfach ist das nicht: Niemand wird jemals aus seiner Haut herauskommen, auch nicht über den Umweg eines anderen. Denn dazu müsste man sich zuerst zerstören, und zwar endgültig! Und wer sich selbst zerstörte, der hätte keine Kraft mehr, um sich wieder neu aufzubauen. Er liebte die Menschen, weil er sie hasste; er liebte sie darum, weil sie ihn hassten. Er würde weiterhin mit ihnen leben, mehr noch: er würde *für* sie leben müssen. Er wäre auszuhalten.

Darin aber täuschte er sich, als er meinte, ohne Täuschungen leben zu können. Illusionen sind ein nichtstoffliches

Lebensmittel, so unentbehrlich für den Menschen wie die Luft zum Atmen, Wasser und Nahrung für den Körper.

Ja, Wasser. Wasser hätte er gerne wieder gesehen. Klares, fließendes Wasser, glitzernd in der Sonne. Wasser, das Sternhaufen von sich wirft, verwehend im freien Fall. Das aufspringt wie geworfene Kiesel und sprühende Funken in den Morgen schleudert; Wasser, das plätschert und gluckst, in tiefröhrigen Hallen guttural vergluckert. Wasser – feucht, kühl, funkelnd. Und vor allem: irdisch. Er sehnte sich nach den in der Tiefe verborgenen Quellen, die unsichtbar den Planeten speisten, Pflanzen sprießen ließen und samtdunkle Moospolster nässten, die Fröschen eine Heimstatt gaben und Vögeln und Insekten … und darüber einen strahlend blauen Himmel, weit und kühl, wie aus hauchzartem, beleuchtetem Glas geschliffen.

Wie furchtbar muss es sein, als Fisch zu leben. Über dir nicht nur der Himmel, sondern auch der Wasserspiegel als letzte tödliche Grenze. Eingesperrt in einem Teich die immergleichen trüben Tiefen durchtauchend; im selben Raum eingepfercht wie deine tödlichsten Feinde. Fische müssen dumm sein, dass sie ein solches Leben klaglos ertragen. Oder würden sie klagen, wären sie nicht stumm?

Hätten die Fische eine Religion, so müsste ihnen die Welt außerhalb ihres Beckens oder Sees der Himmel sein, in den sie ja auch erst als Leichen eingehen könnten. Für sie wäre die Erde also der Himmel auf Erden – und wir dann wohl die Engel, die sie fressen …

Er war ja im Himmel. Mittendrin: 560 Millionen Kilometer von der Erdoberfläche entfernt, um genau zu sein. Weg, so weit weg, wie er sich immer weg gesehnt hatte.

Er seufzte und wandte sich wieder seinen Instrumenten zu. Und was das Wasser betraf: Wasser würde hier draußen natürlich sofort gefrieren. Unter den Bedingungen eines nahezu vollkommenen Vakuums und gerade mal drei Grad Kelvin über dem absoluten Nullpunkt wäre gefrorenes Wasser härter als jedes Metall. Wäre er so unvorsichtig, es zu berühren, es würde aufgrund des enormen Temperaturunterschiedes im günstigsten Fall sofort seine Hand gefrieren lassen. Vielleicht aber würde es sich auch glatt durch seine Haut schmelzen, wenn es ihm nicht gar in den Händen wie eine Handgranate explodierte, wer wusste das schon so genau? … Eine interessante Frage.

Die Wahrheit schmerzt, gar keine Frage. So völlig ohne Illusionen leben zu müssen, ist nicht auszuhalten. Aber man tut es dennoch, wider besseres Wissen. Man wusste sich zu helfen – jede verworfene Illusion gebar zwei neue. Mindestens. Und meist noch ausgeklügeltere, höher entwickeltere Täuschungen, fein gesponnen aus dem Nichts, das die vorhergegangenen hinterlassen hatten. Ein Nichts, in das man sich zeit seines Lebens verhedderte, das am Fortkommen hinderte, das Fallstricke um die Beine legte, einen ins Straucheln und zu Fall brachte.

Sie betrachtete aus sicherer Entfernung eine Spinne, die gerade dabei war, hoch oben im Geäst ihre klebrige Falle zu vollenden.

Die Ameise beobachtete mit respektvoller Demut das Wunder, das diese hinterlistige Räuberin dort oben vollbrachte. Wie sie aus sich selbst heraus ein kunstvolles Netz spann, einzig zu dem Zweck, Leben zu vernichten, um das eigene zu erhalten.

Nach einem exakten Plan patrouillierte sie unermüdlich an ihren sicher verklebten Leitfäden entlang, um neue Fäden zu ziehen, Verstrebungen einzusetzen, Speichen einzuspannen zu einer stetig komplexeren Ordnung, die schließlich zu einer perfekten, nahezu unsichtbaren und tödlichen Falle für jedes unvorsichtig fliegende Insekt wurde. Nachdem sie aber ihre Arbeit beendet hatte, verließ die Spinne ihr Netz, seilte sich ab, um sich nicht selbst darin zu verfangen und aus sicherer Entfernung ihr Werk zu betrachten. So lauerte sie auf ihre Beute.

Mit den Illusionen ist es wie mit dem Geld, dachte er. Man brauchte sie gerade dann am nötigsten, wenn man sie verloren hatte. Jetzt erst erkannte er nämlich, wie wichtig sie für sein Überleben gewesen waren. Als hätte man ihm die Haut abgezogen und sein rohes, blutiges Fleisch bloßgelegt, das jetzt verletzlich und schutzlos aller Welt ausgeliefert war …

… nicht anders verhielt es sich mit dieser hauchdünnen Außenhaut, die das Schiff vor der gähnenden, tödlichen Leere draußen schützen soll. Und diese kümmerliche metallische Membran war in der Tat nicht viel mehr als ein dürres Blatt Papier. Ein Staubkorn, nur eines der vielen rasenden Partikel, die zu Myriaden hier draußen herumvagabundieren, genügt schon, um diese zarte Außenhaut mit zigfacher

Schallgeschwindigkeit zu durchbohren und mit der Gewalt einer tonnenschweren Bombe zerplatzen zu lassen.

Lügen sind zähe Kreaturen. Sie finden immer einen Grund weiterzuleben und sich zu vermehren. Man gewinnt nichts dadurch, wenn man sich von seinen Einbildungen befreit. Keiner wird reicher dadurch oder reifer. Man erlebt den Verlust aller Träume und Selbsttäuschungen wie den Tod des einzigen geliebten Menschen. Dieser Tod lehrt höchstens noch, wie wichtig, überlebenswichtig diese Trugbilder für den eigenen Fortbestand waren, und erkennt vielleicht die Notwendigkeit, sich neue Illusionen, Träume und Ziele für ein Weiterleben zu schaffen.

Sie kannte ihre boshafte und verschlagene Feindin ganz genau und achtete peinlich darauf, nicht in ihre Nähe zu gelangen. Sie sicherte instinktiv und gewohnheitsmäßig den Raum über sich, aber sie hütete sich wohl davor, diese Höhen auch zu erklimmen, in denen so viele Gefahren lauerten.

Die Spinne über ihr war gerade damit beschäftigt, ein Loch in ihrem Netz auszubessern, das ein allzu großes Beutestück in seiner Verzweiflung in die Schlingen gerissen hatte.

Auch wenn sie die hinterhältige und heimtückische Art und Weise aufs Tiefste verabscheute, mit der die Spinne ihre arglose Beute einzufangen pflegte, musste sie widerstrebend die ausgefeilte Konstruktion und die vollendete Symmetrie bewundern. Wie viel Mühe und Arbeit sie auf ihr Werk verwandte! Wie viel Liebe, wie viel Hingabe!

Glück ist Verhängnis; das wusste er. Es verlockt zum Weiterleben. Das Verhängnis zum Glück.

Zum Glück hatte man seine Unvollkommenheit, den universellen Mangel, der Wünsche erst hervorbringt. Paradoxerweise aber gereicht gerade die Erfüllung der sehnlichsten Wünsche nicht zum Glück, sondern verkehrt sich im Gegenteil zum größtmöglichen Unglück, zu einem Unfall der Vollkommenheit, einer Leere, die aus der Fülle stammt. Wer noch wünscht, ahnt nicht, welches Unglück mit der Erfüllung seines Wunsches über ihn hereinbrechen könnte. Es ist, als wolle das Glück einen gerade durch dessen prompte Realisierung immerzu daran erinnern, dass es es eigentlich gar nicht geben kann. Es lacht den Lachenden an: »Sieh! Ich bin eine Chimäre!« Und der greift zu und fasst ins Leere, in das Hologramm seiner Wunschvorstellungen. Und schon vorbei. Die Augenblicke des Glücks sind so selten wie die Fähigkeit, es zu genießen.

Dieser eine kleine, erfüllte Augenblick: Das ist es!

– das *war* es!

Daraufhin Stunden, Monate, Jahre gelebt, gehofft und geschafft – für den Bruchteil einer Sekunde. Leben und Zeit brechen auseinander, Lebenszeit zeitlebens verschlafen, vergessen, vergangen ... Auch verloren?

Es war einmal – das gab es einmal, warum sollte es nicht wieder einmal so sein? Warum eigentlich nicht?

Warum nicht?

Er wusste ganz genau, warum nicht. Es gab keine Möglichkeit mehr zu irgendetwas. Für ihn gab es nur noch den Fall in das unendliche Nichts.

»Endlich!«

Du bist aufgewacht, sagst du.
Und – wie fühlst du dich jetzt?
Fühlst du überhaupt noch etwas?
Fühlst du Trauer, Enttäuschung?
– Immerhin!

Eingeschlossen in einem Grab lebte er und konnte den Deckel nicht heben. Er hatte alle Zeit, die ihm noch blieb. Aber auch nichts, was er damit noch hätte anfangen können. Zeit für Zeit. Stummes Erlöschen, fließend, vom nahen Vergessen in den sicheren Tod. Keine Insel in der Leere, nur Zeit, glühendes Vergehen. Das Vergehen, sich hierher herausgewagt zu haben. Er hätte es anders haben können, so wie alle anderen. Aber er wollte von da weg, musste von da weg, wie er sich einredete. Lieber leugnete er seine fundamentale Freiheit, als sich einzugestehen, einen Fehler gemacht zu haben. So wie bei allen anderen auch. Sehr menschlich. Aber das war nun auch egal. Wie alles andere. Er hatte jetzt Zeit, viel Zeit zum Bereuen. Wenn er es so wollte.

Du bist endlich aufgewacht?
Gut.

Wer aber bist du,
dass du jetzt über jene richtest,
die noch weiterträumen?

Wenn man gelernt hat, seine Träume zu verwirklichen, kann man damit beginnen, seine Illusionen zu verlieren.

Du bist endlich aufgewacht, sagst du.
Wovon träumst du jetzt?

Natürlich war eine Vielzahl von Kammern notwendig, um ein reibungsloses Zusammenarbeiten aller Systeme zu gewährleisten. Diese Sektionen mussten in der Lage sein, im Notfall auch vollkommen autonom arbeiten zu können und dennoch jederzeit die Zusammenarbeit mit allen anderen Sektionen des Schiffes zu ermöglichen. Offene, autarke Systeme mussten es sein, die jedes für sich genommen vollkommene Funktionalität garantieren konnten. Organe. Wie die Organe eines Organismus – ganz genau! – Organisierte Organe eines Organismus …

Er hielt Ordnung, peinlich genau. Weil die Ordnung ihn erhielt. Hier draußen durfte man sich keinen Fehler erlauben. Nichts hält das Nichts auf.

… und niemand, der es aushielte. Atemlos ausgeliefert.

diese Sehnsucht zu sein!

PHASE V –
GEST*ALT*EN

»Wanderer, was bleibst du stehn
und suchst den Weg?
Der Weg
entsteht,
vergeht,
indem man geht!«

Tief unten
im Brunnen
blinken die Sterne

Er wirft den Stein
und die Stille
fällt in ihr Grab

Keine Sterne mehr
nur Nacht

tief unten
im Brunnen

Der Augenblick, als ihm schlagartig bewusst wurde: Dies ist sein Leben! Seines, und nur seines!

Er blickte auf seine Hand. Dies war die seine, nur ihm allein gehörte diese Hand. Und dies war seine Haut, seine einzige, unverwechselbare Haut, aus der er niemals würde herauskönnen; aus seiner absolut individuell faltenkodierten Hülle, die er in seinem ganzen Leben nicht würde verlassen können. Ein Gefangener seiner selbst, seines Körpers, seiner Erscheinung, sei es, wie es sei, – sie, er! – war – ist – und nichts anderes. Er war sich selbst, sein Körper war ihm … ja, was eigentlich? … *willkommen*! Ja, er war sich durchaus auch willkommen, na klar! Hin und wieder aber auch zuwider! Das lag ganz bei ihm. Eben.

In den letzten Jahren beschlich ihn immer stärker das Gefühl, sein Leben schon gelebt zu haben, und der ihm zugewiesene Teil wäre ziemlich dürftig ausgefallen.

Die Illusion verhält sich zur Realität wie der Geschmack zum Essen. Geschmack ohne Nahrung ist süß, sättigt aber nicht; Nahrung ohne Geschmack macht satt, aber das lustlos. Lässt verbittern.

Er schob die Aluverpackung einer Standard-Nährstoffeinheit »CaR – Curryhuhn auf Reis« in die Mikrowelle. »Desillusion führt zu schlechtem Geschmack; nur in Illusionen zu leben verdirbt nicht nur die Zähne. Es kommt also auf eine gesunde Ernährung an, auf eine ausgewogene Kost, die schmackhaft zubereitet werden muss.«

Auf solche Gedanken konnte er nur kommen, weil er einfach zu viel Zeit und zu wenig zu tun hatte. Der Gong der Mikrowelle brachte ihn erst einmal auf andere Gedanken. Abendessen. Ein wenig irritierte es ihn allerdings schon, dass sein Körper von allen äußeren Umständen völlig unbeeindruckt immer noch pünktlich wie ein Uhrwerk seine Bedürfnisse einforderte. Die Maschine muss eben laufen, dachte er.

Es kam die Zeit, da er Geschmack fand am Bitteren. Nicht, weil er der Süßigkeit überdrüssig geworden wäre – er war ja zeit seines Lebens unfähig gewesen, die süßen Früchte zu ernten. Er fand Geschmack am Bitteren, weil er nichts anderes kannte, und was man durch und durch kennt, das beginnt man auch irgendwann zu lieben, selbst wenn es einen anekelt.

Nun gut, vielleicht handelte es sich hierbei nicht gerade um Liebe, vielleicht war es einfach nur die Gewohnheit, die Liebe zur Gewohnheit. Sie stellte die Dinge auf den Kopf, machte allen alles erträglich, verwandelt Ekel in Lust, Lust in Bitterkeit, Bitterkeit in eine unverzichtbare Nahrungsgrundlage und dehnt die Zeit ins Unendliche, indem sie sie auf einen einzigen Zustand hin schrumpft.

Er konnte Tantalus gut verstehen. Ihm erging es im Grunde genauso. Er fühlte sich auf dieser Welt als ein Verbannter, Gebannter, dem ein perfides Schicksal Tag für Tag alle Glücksmöglichkeiten dieser Erde so überaus reichlich und schmackhaft vor Augen hält; all die schönen Frauen, der frohe Leichtsinn, die sinnlosen Reichtümer, all die teuren und erlesenen Speisen und Spielzeuge, die sich so ungemein verlockend und begehrlich in seine Eingeweide brannten ... »Siehe! So wunderbar kann die Welt sein! Siehe! – Fühle! – Schmecke! – Verzehre dich! – Nichts davon aber ist für dich bestimmt.«

Er bekam von alledem nichts zu sehen, das heißt, zu sehen schon, aber er bekam davon nichts zu spüren. Zu fühlen bekam er nur den brennenden Schmerz in seinem Bauch, der ihn immer daran erinnerte, wie bedürftig er war und wie hungrig. Er war gezwungen, sich mit sich selbst zu begnügen – kein Vergnügen!

Spät, sehr spät erst erkannte er, was für einen großen Reichtum er damit eigentlich vor sich hatte: einen unendlichen

Vorrat an Schmerz, Qual und Entbehrung – und damit die stolze Gewissheit, all dies ertragen zu können.

Wenn er aber ehrlich mit sich war, dann gab es eigentlich nur zwei Auswege: Den Freitod oder den Wahnsinn. Für das eine war er nicht verzweifelt genug, für das andere zu vernünftig. Eben darum befand er sich ja hier oben in seiner eigenen Welt, weitab von der übrigen, Millionen Meilen von allem Leben entfernt und tausend Gefahren ausgesetzt, die ihm die eine oder andere Entscheidung abnehmen mochten.

Denn das war auch das Gute daran hier oben: Es gab im Grunde nichts mehr zu tun, keine Entscheidungen mehr zu fällen. Die Würfel waren längst gefallen. Er konnte sich also ruhigen Gewissens zurücklehnen und abwarten. Es gab nichts mehr zu tun für ihn. Nichts.

Das Gehirn entwickle sich im Schlaf, hieß es. Darum solle man schlafende Föten nicht wecken, denn jedes Erwachen unterbräche ihr Wachstum. Wie wenn man alle naslang in den Backofen gucken würde, um zu überprüfen, wie weit der Kuchen schon gediehen ist … Man soll ja Schlafende generell nicht wecken, jeder Weckruf bewirkt eine Apokalypse, einen Weltuntergang im Kleinen, täglich. »Die Träume haben ihre Daseinsberechtigung wie jede andere Realität auch«: Von dieser Ansicht war er felsenfest überzeugt.

Die Farben seiner Träume verwirrten ihn. Um ihn herum gab es doch nur die in lichtlosem Grau getünchten matten Farben der Inneneinrichtung, seine Welt, eingefasst in das tiefe Dunkel des Alls, und er träumte fast jede Nacht von den strahlendsten Himmeln, den saftigsten grünen Wiesen, silbern blitzendem Wasser, sonnenwarmer Erde, von Blüten in den kräftigsten Farben – die Erinnerung daran nach dem Aufwachen schmerzte ihn fast schon körperlich. Er kam nur schwer mit diesem Kontrast klar: die grauen Tage und diese grauenvoll farbigen Nächte. Manchmal hörte er im Schlaf auch noch Musik, die durchdringenden halligen, voluminösen Klänge von Kirchenorgeln – ausgerechnet. Und Tierlaute: Vogelgezwitscher, schreiende Affenhorden, Wolfsheulen … aber wenigstens keine Menschen.

Er mochte diese unglaubliche Intensität nicht, mit der seine Träume in letzter Zeit auf ihn einstürmten; sie erinnerten ihn daran, was er alles verloren, was er aufgegeben hatte.

In der Vergangenheit hatte er immer in dem Glauben gelebt, dass seine Zukunft sich besser gestalten würde als seine Vergangenheit. Jetzt hatte er die unumstößliche Gewissheit, dass dem nicht so war – im Gegenteil. Seltsamerweise sah er trotzdem keinen Anlass, von nun an in sentimentale Nostalgie zu verfallen. Nostalgie ist die bittere Sehnsucht, die die Toten der Unterwelt befällt, wenn sie die Erinnerung an ihr verlorenes Leben streifen. Er war zwar ebenso hoffnungslos ins Dunkel verbannt wie die Verdammten der griechischen Antike, aber er war nicht tot. Sein Leben gehörte immer noch ihm, ihm allein, in weit größerem Maß als jemals zuvor. Dumm nur, dass er daraus keine Hoffnung für eine bessere Zukunft schöpfen konnte.

Er war auf sich allein gestellt – das begriff er nun in all seiner Tragweite.

Er war zeit seines Lebens stets einsam gewesen, in seinem Fall ein Glücksfall, er war außerstande, für andere leben zu können. Die Kraft, um in seiner Einsamkeit leben zu können, bezog er aus der Beobachtung der anderen, die, weniger einsam als er, einen Großteil ihrer Tage damit zubrachten, den anderen, mit denen sie zusammenzuleben sich angewöhnt hatten, zum Sklaven ihrer Schwächen und sich selbst hinwiederum zum Opferlamm derer Schwächen zu machen – wie er es gerne formulierte. Wozu die anderen stets noch einen Partner benötigten, das schaffte er auch locker alleine: sich unglücklich zu machen! Darin hatte er es schon zu einer erstaunlichen Meisterschaft geschafft, das musste man ihm lassen und neidlos anerkennen. Er war sich selbst Satan und Teufel mehr als genug, dazu brauchte er keinen Quälgeist von außen anheuern.

Man muss selber schon Teufel sein, um auf einen Engel treffen zu können, dachte er sich.

Irgendwann dämmerte ihm, dass er so unglücklich war, weil er Rache an sich genommen hatte für all das widerfahrene Unrecht. Opfer, das sich selbst zum Täter seines Opfers macht. Wäre er in der Lage gewesen, einen thermonuklearen Krieg auszulösen, er hätte keinen Augenblick gezögert.

Oft hatte er die vielen Menschen beneidet, die tiefen Schmerz nicht kannten, gar nicht kennen konnten, deren einzige

Vorstellung von echtem, tiefem Schmerz darin bestand, etwas, was sie sich sehnlichst gewünscht hatten, nicht erreicht, nicht bekommen zu haben. Eine kleine Zurückweisung, eine unbedeutende Versagung – das war's auch schon. Nichts, was ihr unerschütterliches Behagen in der Welt für mehr als ein paar Tage ernsthaft hätte beeinträchtigen können. Sie wären hier in der ersten Woche schon vor die Hunde gegangen, das war gewiss. Denn hier gab es nichts Vorübergehendes, hier herrschte die Ewigkeit. Die Verdammnis, der Tod. Hier draußen konnten nur Leichen existieren oder Lebewesen, denen alles egal ist.

Früher hatte er die eine Hälfte der Nacht mit Träumen zugebracht; die andere, sich damit zu quälen, dass die Verwirklichung seiner Träume stets im Sande verlief.

Er hatte das Gefühl, dass sein Leben jegliche Bedeutung verloren hätte. Er hatte dabei nicht das Gefühl, dass er einen bedeutenden Verlust erlitten hätte.

Aus der Leere würde ihm noch nicht einmal der Rausch helfen, das wusste er, er hatte es versucht. Exzessiv und ekstatisch. Zuerst bringt der Rausch feurige Erregung, Freude, sogar Glück, Euphorie. Als ob in einem dunklen Verlies ein Licht anginge. Danach tröstet er. Lange, zuverlässig und regelmäßig. Dann betäubt er, beruhigt. Irgendwann aber erwacht die Bestie und beginnt, mit brennenden Krallen in einem zu wüten. Die Gier wird unersättlich, das Loch, das sie reißt, mit jedem Mal tiefer. Als ob man seinen Durst mit Meerwasser zu stillen versucht. Mit jedem Schluck frisst sich das unbändige Verlangen tiefer ins Gedärm.

Vielen Frauen ist das die Liebe. Sie können es sich nicht vorstellen zu leben, ohne begehrt zu sein. Nicht nur begehrt – gebraucht wollen sie werden – zum Leben, zum Überleben gebraucht wie eine Droge. Sie möchten einen von sich abhängig machen wie von Rauschgift, das wusste er. Er hatte gelernt, die Liebe als ein Suchtmittel zu betrachten. Sie macht abhängig, sie macht krank, sie bringt den Tod. Er wollte die Liebe überwinden. Da gab es nur einen Weg: Entzug. Er entzog sie sich; er entzog sich ihr.

– Und stand damit wieder allein im Leben da, wie zuvor.

Und wenn schon!, dachte er trotzig. *Alles ist besser, als das hier. Lieber glücklich allein als in der Hölle zu zwein!*, redete er sich ein. Er interessierte sich mehr für den Schatten, den die Dinge warfen als für den Schein, mit dem sie einen zu blenden versuchten. Er suchte im Schatten einen Rest der ursprünglichen Wahrheit, den die Dinge mit ihrer unzweifelhaften massiven Existenz zu überstrahlen drohten. Er aber wollte immer gerne noch ein weiteres Türchen aufmachen, noch eine Kammer finden, die hinter der bereits entdeckten verborgen sein mochte.

Da hocke ich in einer Kapsel wie Diogenes in der Tonne, dachte er belustigt. Und er bräuchte noch nicht einmal eine Laterne, um Menschen nicht zu finden, die es hier ohnehin nicht gab. Seine

Freiheit war absolut und grenzenlos, er, der freieste Mensch, der je gelebt hatte. Wie lange noch?

Er hatte sich oft schon gefragt, wie er das alles eigentlich ausgehalten hatte damals. Vor allem: Wie lange! Ihm erging es wie dem Frosch, den man in einen Topf mit kaltem Wasser setzt. Wenn man das Wasser nur ganz allmählich erhitzt und den Frosch ansonsten in Ruhe lässt, wird er so lange in seinem Element sitzenbleiben, bis er schließlich gekocht ist – so viel zum Thema »Survival of the Fittest«, dem Überleben der Anpassungsfähigsten.

Man gewöhnt sich in der Tat viel zu schnell an das Unglück, in dem man steckt, viel schneller noch, wenn es schleichend und behutsam auf einen zukriecht. Immer denkt man: »Es wird schon nicht so schlimm kommen. Freue dich dessen, was du hast.« Und schon hat es einen, ohne dass es einem überhaupt bewusst wäre. Und dann sehnt man sich irgendwann die Katastrophe herbei, die alles Schlechte zum noch Schlechteren wendet. Hätte man ihn doch gleich in das kochende Wasser gesetzt – er wäre sofort herausgesprungen und hätte sich in Sicherheit gebracht.

Einmal fiel die Ameise, weil sie allzu durstig war, in ihrer Gier in ein Wasserloch, aus dem sie trinken wollte. Hilflos ruderte sie mit ihren sechs Beinchen im Wasser, ohne jedoch auf diese Weise das rettende Ufer erreichen zu können.

In diesem Augenblick kam eine Amsel vorbei, die das Schicksal des hilflos zappelnden Wesens anrührte und deshalb ein Hölzchen in die Pfütze warf, damit sich die Ameise daran aus ihrer misslichen Lage befreien könne. Die Amsel selbst war nämlich viel zu wasserscheu, als dass sie sich selbst in die Pfütze begeben hätte. Der Ameise freilich war die gute Absicht nicht bewusst, mit der der hilfsbereite Vogel das Hölzchen in das Wasser geworfen hatte. Sie sah nur einen riesigen Balken, der wie aus dem Nichts plötzlich vor ihr im Wasser aufgetaucht war. Als die Amsel nun vorsichtig mit dem einen Fuß das Hölzchen samt der Ameise aus dem Wasser angelte, glaubte die Ameise, die gerade glücklich ihrem Untergang entkommen war, dass schon der nächste Feind ihr nach dem Leben trachtete und biss die Amsel, weil sie ja keinen Ausweg wusste, herzhaft in das ihr zur Rettung hingestreckte Bein. Die Amsel flatterte bei dem unerwarteten Schmerz, den ihr die Ameise zugefügt hatte, erschreckt auf – gerade rechtzeitig, um der Katze zu entkommen, die sich in dem dichten Gras unbemerkt an das von ihr auserkorene Opfer herangeschlichen hatte, um sich den unvorsichtigen Vogel als zweites Frühstück schmecken zu lassen.

Die Ameise aber, stolz, einen so übermächtigen Feind in die Flucht geschlagen zu haben, kletterte unbehelligt ans Ufer, überaus glücklich und erleichtert, dass sie gleich zweimal hintereinander dem Tod entronnen war.

Und die Moral von der Geschicht: Hilft man in der Not, rettet Not vor dem Tod.

Hatte er Hoffnung? *Durchaus.* Worauf? *Dass es das gibt, was es nicht gibt.* Vielleicht gehörte dazu Humor. Galgenhumor.

Das Leben ist einfach zu ernsthaft, um es letztlich wirklich ernst nehmen zu können, dachte er. Aber er konnte darüber nicht lachen. Vielleicht war ja genau dieser in der Natur tief verwurzelte Wahnwitz der so viel gesuchte Sinn des Lebens, die letzte Antwort – es nicht ernst nehmen. Das Leben einfach auslachen. Aber das hieße auch, seine Ohnmacht einzugestehen. Und wer konnte das schon. Nein, er war gezwungen, dieses Leben ernst zu nehmen, zumindest so weit, dass er es weiterführen – und manchmal darüber lachen konnte.

Glücklich schienen ihm am ehesten noch die Kinder zu sein. Sie wussten nichts von ihrem Glück. Sie konnten vergessen. Diese ungeheure Konzentration und Aufmerksamkeit, die sie beim Spielen an den Tag legen konnten. Diese Ernsthaftigkeit und Hingabe, mit der sie ihrem Spiel nachgingen. Da existierte keine andere Welt mehr als ihr Phantasiereich. Und darin waren sie Könige und Prinzessinnen. Es war nur ein Spiel, aber es hatte Authentizität. Keinerlei andere Gedanken. Diese Konzentration war er längst nicht mehr in der Lage aufzubringen, es gab einfach zu vieles, was er beachten, was er bedenken musste. Denken! Er war völlig unfähig, sich noch einmal in eine solche Phantasiewelt fallen zu lassen. Er hätte die Welt fallen lassen müssen. Und das brachte er natürlich nicht fertig, denn das hätte seinen Untergang bedeutet.

Aber das Leben ist *kein* Spiel. Ein Spiel kann man gewinnen oder verlieren, ein Spiel verlangt Einsatz und Hingabe. Das Leben nicht, sondern das, was wir von ihm erwarten. Das Leben spielt sich nicht, es läuft einfach ab, wie Wasser, das aus einem Hahn fließt, gurgelnd ins Nichts. Einem einfachen Gesetz folgend: Nach unten! Diese ganze, unerbittliche Logik darin, die zu einem sinnlosen Ende führt! Wir haben das Spiel nicht begriffen, weil wir es unbedingt spielen wollten, ihm unseren Willen aufzwingen für ein von uns erwartetes schemenhaftes Glück, das wir gar nicht genießen können. Kein Spiel, sondern ein Vorgang, ganz nüchtern, leidenschaftslos, gleichgültig, ohne Bedeutung. Atmen in der Dunkelheit, fast unhörbar, versteckt, voller Angst. Und Hoffnung vielleicht, ja Hoffnung …

Es hätte dringend ein wenig frischen Windes in seiner muffigen Gedankenwelt bedurft, das wusste er. Aber woher sollte dieser frische Wind denn kommen? Hier konnte er nur auf seine Erinnerungen zurückgreifen, auf nichts sonst. Da draußen gab es nichts, das hatte er ja schon bis zum Überdruss festgestellt. Nur seine Erinnerungen. Das einzig Neue daran war, dass sich diese ebenso veränderten, wie er sich veränderte. Und das bedeutete: Nicht zum Besten! Auch wenn sie insgesamt farbiger werden sollten, je eintöniger seine Tage verliefen, so verblassten sie schließlich doch. Und die Schwärze nahm zu. Das Dunkel ringsumher war unersättlich, es saugte noch seine Träume in sich auf.

Wenn er wirklich hätte sterben wollen, hätte er das auch auf angenehmere Weise haben können – *und schneller!*, dachte er noch.

– Und schlief ein. Kleiner Tod. Grausamer Tod. Ein Tod, auf den die Auferstehung folgt. Und dann wieder ein Tod. Und wieder. Ein endloses Sterben.

Das ist das Grausame daran – die Endlosigkeit, die ewige Wiederkunft des immer gleichen – Todes!

Es ängstigte ihn nicht, dass die Zukunft offen ist. Wer vor dem Ungewissen Angst hat, der fürchtet auch das Leben. Es ist vielmehr die Gewissheit, die ihn beunruhigte. Denn gewiss ist nur der Tod. Wie in der Geschichte von dem allzu neugierigen Mann, der von einer Wahrsagerin unbedingt erfahren wollte, wann er sterben wird – ZUR SIEBTEN STUNDE AM SIEBTEN TAG IN DER SIEBTEN WOCHE DES SIEBTEN MONATS IN SIEBEN JAHREN – und der sich prompt zu diesem Zeitpunkt verzweifelt das Leben nimmt.

Es erstaunte ihn selbst, wie viele düstere Gedanken er in sich aufgespart hatte. Jeden Tag, jeden Abend fand er neue davon, unaufgefordert; ohne darüber nachdenken zu müssen, flossen ihm die Sätze in sein Tagebuch. Sein Ventil, sein Mülleimer. Diese dunkle Substanz, die er täglich von sich gab – sie reinigte ihn. Verbaldiarrhö. Raus damit und gut.

Und da hielt er diesen Abfall noch für seine geistige und lebendige Substanz … So weit war es mit ihm schon gekommen.

Was beim besten Willen und bei aller technischer Raffinesse nicht wiederverwendbar war, musste er von Zeit zu Zeit über Bord werfen. Kein Problem, ihm stand das ganze Universum als Müllkippe zur Verfügung. Ihm kam dabei der Gedanke, dass die Herkunft des irdischen Lebens durchaus auch auf den achtlos weggeworfenen organischen Abfall irgendeiner außerirdischen Zivilisation zurückzuführen sein könnte. So abwegig war diese Vorstellung ja nicht, einfachste organische Verbindungen können unter Umständen auch unter den Bedingungen im Weltraum weiterexistieren, und das Leben – einmal in die Welt gesetzt – war unausrottbar, das wusste er.

Von Weitem erkennt man nur die rohe *Masse*, bedrohlich brandende, schmutzige Flutwelle aus Leibern und zähflüssigem schwarzem Schleim, die die hilflose Erde in Besitz nimmt, unaufhaltsam, unerschöpflich, aus sich selbst heraus wuchernd; ein tausendfüßiges, grausames und hasenfüßiges Ungeheuer. Erst von Nahem wird der Mensch sichtbar. Jeder für jeden. Jede jedem. Jedem jede.

In einer entfesselten Meute kommt es regelmäßig zu den barbarischsten Exzessen grausamster Gewalt, weil sie keine Furcht vor Strafe mehr kennt. Die Meute trägt über die Angst hinweg, niemand trägt die Verantwortung. Die Menschen werfen, trunken im kollektiven Rausch, mit ihren Hemmungen in schriller Begeisterung erleichtert auch ihre individuelle Identität ab, um dankbar in der dunklen Woge einer brüllenden Horde aufgehen zu können. Der kleine eigene, egoistische Hass wird tausendfach potenziert und transzendiert den nur allzu willigen Einzelnen zur Urzelle einer unbezähmbaren, furchtbaren Bestie, den heulenden Mob, der alles verschlingend und triumphierend Tod speiend durch die Straßen fegt. Dazu ist ihm jeder Anlass recht: Fußballspiele, die Jagd nach einem Sündenbock ...

Auch die widrigsten Umstände hatten zumindest den einen Vorteil, dass sie ein Fundament boten, gegen das man sich stemmen konnte. Man musste es nur als eine Art von sportlicher Herausforderung sehen. »Du hast hier ein Problem, gut. Schau zu, wie du es lösen kannst.« Der gefährlichste Moment trat in dem Augenblick ein, in dem man ein Hindernis endlich überwunden hatte – man stieß ins Leere, verlor womöglich endgültig den Halt. Bei seinen Außenmissionen im Weltall hatte er ja immer noch die Steuerdüsen, um sich bewegen zu können, und meistens auch das Sicherungskabel, das ihn mit dem Schiff verband. Aber ohne diese Sicherungsmaßnahmen – würde erst wieder das Gravitationszentrum eines Sterns seinen Fall ins Nichts aufhalten. Und die Wahrscheinlichkeit eines solchen Ereignisses bemisst sich im All aus einem Quotienten von einer eins zu Jahrmillionen.

Er hatte das Gefühl, ein mit Haut und Knochen bedeckter Traum zu sein.

Wer glaubt, dass ihm zu einem erfüllten Leben noch etwas ganz Entscheidendes, Unverzichtbares fehlt, der hat schon mehr davon, als er zum Überleben braucht – ein Ziel, das man erreichen, eine Hoffnung, die es zu erfüllen gilt.

Hoffnungen sind die Zwillingsschwestern der Enttäuschungen.

Vergessen zu können war seine größte Begabung. Ohne diese Fähigkeit wäre er verloren gewesen, wäre seine Verzweiflung ins Unermessliche gestiegen. So aber konnte er immer wieder neu anfangen und den Stein schweratmend bis hinauf zum Gipfel rollen, immer wieder ...

Er war sich ja längst auf die Spur gekommen. Viel zu früh, wie er dachte. Es wäre besser gewesen, wenn er noch ein wenig weiter geirrt wäre. So aber trampelte er auf seinem Wege so lange in seinen eigenen Fußstapfen herum, dass er bald keine Lust mehr bekam, auch noch einen Weg außerhalb seiner selbst zu suchen. Seine Spur grub sich viel zu tief in ihn ein. Irren aber ist menschlich, Sich-Finden – beengend. Er hatte die Unendlichkeit der möglichen Wege auf seinen eigenen reduziert. »I did it my way« – Yeah! Really! – Und wohin jetzt?

Man stelle sich vor: Seit Ewigkeiten ist da nichts als dieser weite, stille Raum, angefüllt mit Leere und Dunkelheit bis zum Erbrechen. Buchstäblich Nichts. Und dann, eines schönen Nicht-Tages, wird dieses Nichts von einer unvorstellbaren, gewaltigen Explosion geweckt in ein ungeheures, gefräßiges Sein. Ein gewaltiges Licht zerschrammt den makellosen, leeren Raum. Die Kälte wird warm, Stille beginnt zu dröhnen, Materie ballt sich. Ein Universum entsteht, so wie unseres jetzt. Ungefähr 15 Milliarden Jahre ist das jetzt her. Mehr oder weniger. Auf ein paar Millionen Jahre hier oder da kommt es da schon nicht mehr an.

Die Zeit ist eine gefräßige Bestie, die alles verschlingt, auch sich selbst. Er blickte in den Spiegel, und spie ihr in den aufgerissenen Rachen; Speichel rann hilflos das Glas hinab, tropfte auf das Töpfchen mit der Faltencreme. Er versuchte zu lachen, froh darüber, dass er offensichtlich noch im Vollbesitz seiner Zähne war.

PHASE VI – ER*INNERN*

Das Licht sagte zum Schatten:
»Worauf wartest du noch? Verschwinde endlich!«
Darauf antwortete der Schatten höflich:
»Danke, ich ziehe es vor, noch ein wenig zu warten.«
Das Licht wurde erst recht ärgerlich und leuchtete heller
und heller, um den Schatten endlich zu vertreiben.
Dieser aber wurde nur noch dunkler, da er ja immer mehr
Licht schlucken musste, je mehr es sich anstrengte.
So ging das über Jahrmilliarden.
Schließlich ging dem Licht die Kraft aus und es erlosch.
Da sagte der Schatten:
»So, ich gehe jetzt. Du hast gewonnen …«
Aber das Licht hörte seine Worte schon nicht mehr.

Er war angekommen. An seinem Ziel. Am Ende.

Weite Felder von strahlendem, roten Samt, Mutterbauchwand, wärmeumströmt, dunkel pulsierende Atemhöhle. Tiefe Musik verborgener Quellen; Handtasten, warm, weich und feucht – organisch, orgasmisch.

Da war eine Zeit vor dieser Zeit, gar keine Frage! Eingetaucht in warmes Dunkel, schwerelos, satt und zufrieden – all das hatte es tatsächlich einmal gegeben. Er konnte sich noch gut daran erinnern, das fühlte er. Diese sinnliche Gewissheit, etwas Unschätzbares verloren zu haben. Er empfand deren Abwesenheit mit einer Intensität, die ihre tatsächliche Anwesenheit womöglich niemals hätte erreichen können.

Es war einmal ... ein Traum von ewigem Frühling, von erfüllten Wünschen, wunschlosem Glück und immerwährendem Frieden oder zumindest Zufriedenheit. Das war einmal. Das Paradies denkt man sich zurecht. Enttäuschungen und Desillusionierungen korrumpieren das Gedächtnis, bis es Licht sieht, wo Dunkel war, Freude spürt, wo Schmerz brannte, und endlich willkommen heißt, was es einstmals gefürchtet hatte. Der Erwachsene erwächst sich aus der Furcht heraus und dem Schmerz, weil er die Gedanken daran zähmt.

In manchen Nächten hörte er die Stimmen von Frauen, die ihrerseits Stimmen hörten. Sie liefen dann auf die Straßen und riefen unentwegt nach ihren Söhnen, nach ihren Männern, nach ihren Vätern. Fast schien es, als ob sie der Schein des Vollmonds verrückt gemacht hätte, aber sie waren nicht verrückt, sie litten vor Schmerz. Sie kamen als Witwen und Waisen aus einem Krieg, den die Welt längst wieder vergessen hatte.

Er verstummte, wenn er sie schreien hörte, er musste sich beschämt eingestehen, dass er ein glücklicher Mensch war, verglichen mit ihnen. Sein Schmerz war nur er selbst, eingebildet und selbstbezüglich. Er brauchte um niemanden zu weinen, nur um sich selbst.

Die Vergangenheit war niemals lebendiger als jetzt. Vielleicht weil er keine Zukunft mehr für sich erkennen konnte, keine Möglichkeiten, zwischen denen er hätte wählen können. Seine Zukunft war ebenso gewiss und ebenso exakt berechenbar wie die Parabelbahn eines geworfenen Steins. Mit dem Unterschied, dass diejenige Parabel, die er zu ziehen gezwungen war, ins Unendliche zielte. Und er, Endlicher, darin noch eine ganze Weile würde mitfliegen müssen, lebendig und sich der Unabänderlichkeit seiner Bahn voll bewusst.

Die Zeit ist ein Läufer ohne Heimkehr, dachte er.

Ihm kamen jetzt oft die vielen alten Menschen in den Sinn, denen er auf seinen Wanderungen begegnet war. Ihre müden, alten Augen, die nicht einmal den Weg vor ihnen zu sehen schienen. Die kurzen, schweren Schritte, mit denen sie sich vorwärtsbewegten. Ihr gebeugter Gang und das abrupte Stehenbleiben, als wäre ihnen ganz plötzlich eingefallen, dass sie etwas Wichtiges vergessen hatten. Wie sie sich dann langsam umwandten, die faltige Haut um den Hals, wie bei einem verletzten Reptil. Der dunkle Blick, mit dem sie erkannten, dass sie das Verlorene niemals würden wiederfinden können. Zu alt auch schon, um noch Trauer darüber zu empfinden; keine Traurigkeit mehr, nur rastlose Leere, Dunkelheit, Schwere und Schmerz.

Er wusste, dass er existierte. Das war aber auch schon alles. Er beanspruchte ein wenig Raum in einer kleinen Kapsel, er atmete, ein, aus. Selbst daran musste er sich manchmal erst erinnern. Ein. Aus. Um sich nicht zu vergessen.

Schmerz ist besser als fühllose Resignation, dachte er. Er erinnerte ihn daran, dass er lebte. Ihn konnte er nicht vergessen, nicht verschmerzen. Immer gerade dann, wenn er meinte, ihn vielleicht doch schon hinter sich gelassen zu haben, durchschlug ein heißes Brennen aus dem Inneren heraus seine Haut wie ein Blitzschlag, der in trockenes Holz fährt. Da war er dann wieder, der Schmerz: heiß, ätzend, verwandelte er seinen Bauch in Stein, sein Gesicht in eine verzerrte Maske. Am liebsten wäre er gelaufen, wenn er gekonnt hätte. Aber er hatte auch gelernt, mit diesen Schmerzattacken umzugehen. Immer wenn ihm dieser alte Schmerzklumpen wie eine Messerklinge in die Haut fuhr, nahm er ihn einfach in die Hand, untersuchte ihn von allen Seiten und sagte zu sich selbst: »So siehst du also aus, du verdammtes Scheißding. Ich kenne dich. Mir machst du keine Angst mehr.« Und dann räumte er ihn einfach wieder weg. Bis zum nächsten Mal.

Die Zeit heilt leider keine Wunden, allem gutgemeinten Kinderglauben zum Trotz. Sie hilft lediglich dabei, sich auf Wunden einzustellen. Der Schmerz bleibt, Leben vergeht. Jetzt. Jetzt, jetzt und: *Jetzt!*

Er hatte nie an etwas glauben können. Das kam ihm jetzt zugute, da er in das Alter kam, wenn man entweder seinen Glauben zu verlieren pflegt oder verzweifelt darin verknöchert. Er hingegen hatte nichts zu verlieren – und auch nichts, worin er sich hätte verrennen können, keine Wand, an der er sich blutig stoßen könnte, und keine Mauer, die ihn von den anderen getrennt hätte. Stattdessen stand er wieder einmal vor dem blanken Nichts. Aber das machte ja nichts, er hatte lediglich etwas verloren, das er noch nie besessen hatte.

Es kreisten stets die gleichen Stoffe in immer demselben Strom auf dem stets gleichen Weg – von oben nach unten, von einer Ebene höheren Energiepotenzials auf eine darunterliegende. Ein in sich selbst zurückfließender Strom derselben Materie, dem er seine Existenz verdankte. Das System der Wiederaufarbeitungsanlage und des Stoffrecyclings arbeitete mit bewundernswerter Effektivität und Zuverlässigkeit. Es benötigte nur ein Minimum von außen zugeführter Energie, die es aus dem unerschöpflichen Partikelstrom des Sonnenwindes bezog. Selbst hier draußen noch war er ein Sonnenkind, wie alle anderen auch.

Alles kommt wieder. Früher oder später. *Meist früher, als man denkt und später, als man sich erhofft*, dachte er. Wenn nicht in der

Wirklichkeit, so doch zumindest in den Träumen und Erinnerungen.

Das Hasshaus. Monument der Wut aufeinander; aufeinander geschichteter, hochgemauerter, konkreter Hass. Dabei nicht einmal hässlich, nur voller Hass eben. Sie hatten sich mit ihrem Abscheu voreinander eingemauert; sie hatten ihn darin eingemauert.

Es muss ihnen Spaß gemacht haben, sich zu hassen. Denn Hass macht lebendig. Wer hasst, spürt, dass er lebt. Darum diese nie versiegende Wut.

Die hätte eigentlich ganz anderen gelten sollen. Jenen nämlich, die Jahre zuvor schon ihre Häuser zerstört hatten. Den großen Verbrechern. Aber die waren Geschichte. Vergangenheit. Was davon geblieben war, war der Hass. Gegenwart. Zementierter, massiver Hass aufeinander. Das Hasshaus eben. Wollten sich wieder damit wappnen – diesmal gegen die Zukunft. Eine Festung gegen die Zeit – es wurde ein Monument des Hasses, ein Grab der verrottenden, nie geliebten Liebe.

Einmal wäre es fast abgebrannt. Entzündeter Ruß im Kamin. Seine Mutter hatte den Rauch gerade noch rechtzeitig bemerkt. Reiner Zufall natürlich. Er hatte es zutiefst bedauert, als Minuten später die Feuerwehr kam und den Brand löschte. Sie dachten, sie hätten die Katastrophe gerade noch verhindern können. »Wenn die wüssten!« Die Katastrophe hatte ja längst stattgefunden. Sie hatten lediglich die hinterlassenen Trümmer gerettet. Ein Feuer wäre das Beste gewesen für dieses Haus. Aber wer weiß – solcher Hass glühte selbst noch in der

Asche nach. Und hätte dann vielleicht einen Flächenbrand verursacht. Soll die alte Ruine doch irgendwann von selbst zusammenfallen, irgendwann später, wenn kein Bewohner sie mehr zusammenhielt. Das konnte ihm jetzt gleichgültig sein, er lebte ja schon lange nicht mehr darin.

Die Erinnerung an erlebte Leidenschaften wärmte ihn manchmal, wenn es ihm hier doch ein wenig zu einsam zu werden drohte. Diese vergangenen Erlebnisse ließen ihn auch wieder die Sehnsucht schmerzhaft bewusst werden. Dieses Ziehen im Bauch! Dieser dumpfe, brennende Schmerz … als ob sein Magen seinen Körper von innen verdauen möchte, hungrig wie er war. Doch für diesen Hunger gab es keine Speise, nicht hier draußen und auch zu Hause nicht, das hatte er allzu viele Jahre hindurch schmerzvoll erfahren. Eben deshalb befand er sich ja hier draußen im Nichts – um dem Hunger zu entkommen. In der Hoffnung, die allgegenwärtige Leere hier mochte auch seinen unstillbaren Hunger verschlingen. Aber wie sollte ein Nichts ein Nichts verschlingen? Eine absurde Vorstellung.

Gerne erinnerte er sich an den Klang ihrer Stimme, an ihr hauchzartes, dunkelrotes Timbre. Wenn er daran zurückdachte – nach so vielen Jahren noch! – fühlte er immer noch einen Schauer seinen Rücken hinabgleiten. Dabei hatte er nicht einmal eine Bandaufnahme von ihr. Die Erinnerung an sie genügte. Von allen Frauen, deren Charme er erlegen war, hatte er vor allem Augen und Stimme in Erinnerung. Er wusste nicht mehr, wie sie eigentlich ausgesehen hatten, wie sie sich bewegten, was sie trugen, am allerwenigsten erinnerte er sich daran, was sie zu ihm gesagt hatten. Aber an ihre Stimmen! Ihre Augen, und vielleicht noch ihren Geruch. Sprache ist eine Haut, Stimme reibt sich an Stimme, Wellen, die sich überlagern: auftürmende Gipfel, niederstürzend in tiefe Täler ...

Ihn suchten längst vergessene Bilder heim von Frauen in hochgeschlitzten Badeanzügen, an das v-förmige Versprechen, das diese Frauen so unübersehbar, ihm und seiner Einsamkeit zum Hohn so verlockend und quälend zur Schau getragen hatten. Sein brennendes Verlangen erinnerte ihn daran, dass es eben diese, eben gar nicht ins Bodenlose führende, fallende Linie ist, die seine Blicke und seine Begierde unaufhaltsam in die Tiefe zog; die zielgerichtete Vertikale, deren Endpunkt, der Schnittpunkt ihrer symmetrischen Verdoppelung, in dem einen magischen Ort traf, der Anfang und Wiederkehr, ursprünglicher Ausgang und allzeit ersehnter Eingang zugleich war, der unerschöpfliche Brunnen, das Versprechen nach Heimat – Zielpunkt aller Vitalität.

Die meisten Religionen mit ihrer Verteufelung alles Fleischlichen, erinnerte er sich, wussten genau, warum sie – der magischen, unentrinnbaren Zielgerichtetheit fallender Vertikalen wegen – den Eingang zur Hölle, ja die Hölle selbst als trichterförmige Röhre, als final und polar umgedeuteten *Geburtskanal* in finstere Tiefen angelegt hatten. Dantes nach innen fallende Spirale führt in immer dunklere, immer tiefere und engere Schächte der Verdammnis, gestaffelt nach der Schwere der Vergehen. Der End- und Zielpunkt dieser subterranen Bergmannsarchitektur ist die ewige, unentrinnbare Verdammung –

point of no return –, darin der Geburt in ihrer endgültigen Unabänderlichkeit gleich.

Der Grund für diese radikale Umkehrung einer solch vitalen, lebendigen Sehnsucht? Ob sich in dieser Verteufelung des Abgründigen, die Furcht vor der Tiefe, die Angst vor der unbegreifbaren Schöpferkraft der Frau verbirgt, die ja imstande ist, gleichsam spontan aus dem intimen Dunkel ihres Inneren sich selbst zu reproduzieren; ein Vorgang, der beim zum ohnmächtigen Zuschauer dieses Prozesses verurteilten Mann immer schon tiefes Misstrauen und existenziellen Neid hervorgerufen hatte. Jede Geburt erinnerte auch an sein eigenes Unvermögen, selbst neues Leben in die Welt setzen zu können, führte ihm schmerzhaft seine eigene Austauschbarkeit, ja seine Entbehrlichkeit vor Augen. Darum war ihm diese gebärende Finsternis die Hölle, erinnerte ihn die Schöpfung aus dem Dunkel, die alleiniges Privileg des Weiblichen ist, doch allzu sehr an die apostrophierte ursprüngliche Erschaffung alles Lebendigen aus dem Nichts. Er war versucht, Frauen zu *verteufeln*, weil ihre Gebärfähigkeit, schmerzerfüllt und produktiv, ihm allzu sehr die Sinnlosigkeit und Grausamkeit der Welt vor Augen rief.

Die Natur ist ebenso erbarmungslos wie effektiv – und schön; selbst in ihren schrecklichsten Erscheinungsformen erschlägt sie uns noch in atemloser Schönheit. Vielleicht schlagen wir deshalb ja so furchtbar zurück zur Natur, weil wir so viel Schönheit einfach nicht ertragen können? Wir töten, was wir lieben; was uns liebt, tötet uns. Wir sind schließlich ein Produkt dieser Natur. Und das mitten im Leben.

Überall lauerten Drachen. Große, lange Drachen, die sich außerordentlich flink bewegen konnten. Schneller als sie. Sie hatte gerade noch im letzten Augenblick den plötzlichen Angriff eines solchen Ungeheuers ausweichen können. Es ging blitzschnell. Für einen Sekundenbruchteil spürte sie eine heftige Erschütterung auf den Steinen, dann war der riesige Schatten des Drachens auch schon über ihr. Glücklicherweise stieß sie in diesem Augenblick auf einen schmalen Spalt im Gestein. In einem Reflex ließ sie sich hineinfallen. Sie sah den ungeheuren Reptilienkopf über ihr aufragen, aus dem eine gespaltene Zunge blitzartig zitternd hin und her schoss und sie in ihrem Versteck zu schnappen versuchte. Doch vergeblich. Es hat durchaus seine Vorteile, wenn man so klein ist, man kann den Riesen leichter entwischen.

Eine Weile noch lauerte der reptilienhafte Schatten über ihr, dann war die Echse ebenso schnell verschwunden wie sie gekommen war. Noch einmal davongekommen.

Er sicherte die Datei mit den Ameisengeschichten, die er in den persönlichen Files von Commander Bester gefunden hatte. Er fragte sich, wieso er gerade diese seltsamen kleinen Fabeln auf diese weite Reise hatte mitnehmen wollen. Hätte er darin Trost gesucht in den langen, dunklen Nächten der Einsamkeit, die unweigerlich auf sie alle zugekommen wären, wären sie noch am Leben gewesen? Oder war es eine Erinnerung an seine Familie, mit der er vor Beginn des Jupiterprogramms zusammengelebt hatte? Vielleicht waren es ja die Lieblingsfabeln seiner Tochter Sarah gewesen, wer weiß?

Er wusste jetzt, dass ab einem gewissen Alter die Erinnerungen an die eigene Vergangenheit die gleiche Bedeutung erlangten, die in seiner Jugend den Hoffnungen und Träumen vom zukünftigen Leben zukam. In diesem Gefühl wehmütiger Unerreichbarkeit also trafen Gegenwart, Vergangenheit und Zukunft noch einmal zusammen. Etwas verpasst zu haben, wäre im Grunde exakt das Gleiche, wie etwas gar nicht erreichen zu können? Die Vergeblichkeit war beiden gemeinsam.

Man muss lernen, nichts zu bedauern!, machte er sich klar. Das erschien ihm die wichtigste, die einzige Regel für das Leben zu sein. Nichts bedauern, denn alles ist vergeblich. Früher oder später sowieso.

Nichts bleibt,

wie es ist.

Eben.

Nur die Toten ändern sich nicht mehr.

Eram, quod es; eris quod sum.

So wird es sein. Das ist es. Alles, was ist, wird zu allem, was gewesen ist. Was bleibt, ist die Bedeutung dessen, was gewesen ist, für das, was geblieben ist. Erinnerung, nächtlicher Schatten aus dem Reich der Toten. Und über allem senkt sich irgendwann gnädig das Vergessen.

Aus irgendeinem Grund musste er an die Zeit zurückdenken, als er so um die dreißig Jahre alt war: Frühsommer.

Erdbeerzeit. Lange Tage mit noch kühlen Nächten. Überfülle. Natur, die aus allen Nähten platzte. Rausch, Duft und endlose Versprechungen. Die Zukunft erschien ihm noch als ein weites, lichtes, blühendes Tal.

Jetzt aber war das Tal wie alles andere auch in dem dunklen, schwarzen Loch verschwunden, das an seiner Stelle klaffte und in das er mit zunehmender Geschwindigkeit stürzte.

Der Spiegel zerbrochen. Er hatte sein Gesicht verloren. Jetzt konnte er versuchen, jung zu bleiben, zumindest in der Erinnerung.

Was dem Hedonisten (die) Pflicht, ist einem gehemmten Menschen der Hedonismus – eine Zumutung!, dachte er und lachte in sich hinein. Solche Erkenntnisse erweisen sich nun als bloße Scheinprobleme, denn um von Pflichten oder von Verführbarkeit korrumpiert zu werden, hätte es ja zwingend anderer Menschen bedurft. Hier aber war er nun gänzlich frei geworden von jeglicher Pflicht – nicht jedoch von jeglicher Lust! »Erogenous zones I question you / Without you, what would a poor boy do?«, fiel ihm sogar noch die passende Songzeile dazu aus seiner Jugendzeit ein.

Er hatte sich nie auf die Kunst verstanden, eine Maske zu tragen. Er hatte nie eine Rolle gespielt (der Doppelsinn dieses Ausdrucks ging ihm jetzt auf). Aber das spielte jetzt keine Rolle mehr. Keine Maske – keine Hülle – kein Schutz. Ihm wurde bewusst, dass er immer schon ausgeliefert war. Allen, der Welt, dem Weltall. Allein in einem engen Kokon in einer unendlichen, feindlichen Welt.

»Du bist alles, was du brauchst.« – zu wem hatte er das gesagt? Wen hatte er gemeint?

Das Dasein von Tieren, Lebewesen, die einfach nur ihr Leben lebten, so lange und so gut es eben gehen mochte. Nehmen, was kommt; fliehen, wenn man entfliehen muss; ein jeder Tag der potenziell letzte.

Mit einem Mal tauchte die Sonne wieder hinter den Wolken auf und er betrachtete verständnislos den Schatten, der ihn begleitete.

Diese schweren Augen, die sich schließen möchten wie Augen, die zu vieles gesehen hatten. Diese schweren Augen, die so vieles noch gar nicht gesehen hatten. Die sich schließen möchten, um so vieles nicht mehr sehen zu müssen. Es ist wohl eher der Blick, der sich schließen möchte, abschließen will, der tränenblinde Blick, die Trauer, die zum Ende hin sucht.

Selbst die Sterne leuchteten nicht mehr wie früher. Seine vom Alter geschwächten Augen vermochten nur noch undeutlich flackernde, helle Flecken am nächtlichen Himmel auszumachen, fahle Lichternebel, die keine exakte Abgrenzung mehr zur Nacht zu haben schienen, milchige Flecken auf einem trüben, grauen Hintergrund.

Manchmal versuchte er, in dem Gedanken Trost zu finden, dass er einer Wahnvorstellung anheimgefallen war, sich die Hölle nur einbildete. Dumm nur, dass auch eingebildete Leiden echten Schmerz nach sich ziehen können.

Im Traum leben wir
körperlos
reine Gedanken
jenseits der Welt
in den Kammern
eines ausgesetzten Todes

Nach einer aufregenden, traumbunten Nacht erwachte er wieder in seiner grauen, ausgeblichenen Gegenwart. Morgengrauen. In der Dämmerung seiner Tage. Wo nur noch die Unendlichkeit wartete. Und die verflossene Zeit, die sich in ihm abgesetzt hatte wie ein Sediment. Versteinerte Gedanken, fossilisierte Ekstasen. Wie relativ alles geworden war, wie blass und bedeutungslos. Und sorglos. Nichts bedrohte ihn mehr, nichts gab es zu fürchten. Sein Handeln hatte keinerlei Konsequenzen – er war frei! Frei, auf einer vorherbestimmten Bahn eine unendlich lange Zeit durch einen unendlich weiten Raum voller Leere zu fallen.

Die Toten kennen keinen Schlaf
kein Erwachen
aus düsteren Träumen

Warum es so geworden ist, wie es ist, wusste er nicht. Er wusste lediglich, dass es früher einmal anders war, ganz anders gewesen sein musste. Aber wie lange war dieses Anderssein jetzt schon her? Waren es wirklich nur diese paar Jahre, oder waren es nicht doch schon Jahrhunderte, wie er es inzwischen empfand? Er kannte seine biografischen Daten, es waren nur ein paar Jahre, und doch schien ihm zwischen dieser Zeit und jener davor ein unendlich tiefer, unüberbrückbarer Abgrund an Zeit zu liegen, eine gähnende Leere, die er zwar durchlebt, aber niemals bewusst wahrgenommen hatte. Soweit er sich auch erinnerte – es waren keine Spuren geblieben. Ein langer, tiefer, leerer, schwarzer Schlaf war dieses Leben für ihn gewesen, und jetzt stand er im Begriff, aus dem einen Nichts in das nächste Nichts, in den nächsten Schlaf hinüberzuwachen. Wie mit Ketten an sich selbst gefesselt, Ketten, die er sich selbst angelegt, und die dennoch auch irgendwie von außen zu stammen schienen.

Eben das war ein Vorteil davon, wenn man schlief – man spürte seine Ketten nicht mehr. Im Traum konnte er fliegen, schwerelos wie eine Schneeflocke über die Dächer und die Berge gleiten, Stern unter Sternen sein. Und das Verblüffendste daran war: Immer wenn er flog in seinen Träumen, so war es ihm doch stets, als ob er nicht nur wie im Traum flöge, sondern als flöge er in Wirklichkeit, obschon er auch im Traum ganz genau wusste, dass es nur ein Traumflug war; seinem Gefühl nach war ihm, als hätte er eben erst die Arme ausgespannt, den Oberkörper gestreckt zum Sprung, mit nichts zwischen sich und der Welt als milde, kühle Nachtluft.

Worin bestand denn der Unterschied? Er fühlte, dass er flog, er glaubte zu wissen, dass er flog; er spürte, dass er flog, er fühlte den Wind in seinen Haaren, er überließ seinen schwerelosen Körper willig den Strömungen der Luft, er schmeckte das Salz über den Meeren, roch den heißen Atem der Häuser im Winter, spürte auch stets die Angst, abstürzen zu können, wenn er eine besonders enge und gewagte Kurve geflogen hatte – er flog, weil er flog, ob er nun träumte oder nicht. Wer sagte ihm denn, dass er nicht träumte, wenn er unvermittelt erwachte in einer Welt, in der er nicht fliegen konnte? Vielleicht war das, worin er erwachte nur ein Albtraum, die furchtbare, kranke Vision eines klammen Herzens, das sich verzweifelt in schaurigen Fieberträumen wälzte, wer konnte das wissen?

Er zog es vor, auch weiterhin zu fliegen, und sah sich auch sehr vor dabei, niemals abzustürzen in eine kalte, graue Welt voller Elend, Leid und Ekel. Er warf seinen Schatten weit in sich hinein, denn die Träume sind die bunten Schatten der Menschen und ihrer Gefühle.

Nur die Zeit hat keinen Schatten. Sie ist der Schatten. Verschlingt alles und wird doch nie satt. *Die Zeit*, dachte er, *hat es in sich.* Jeden Tag mehr. Weil sie ja immer weniger wird. Und immer mehr transportieren muss. Den Rest unserer Zeit.

Wie bei einer dieser Eieruhren. Der Sand rieselt und rieselt. Gleichmäßig. Unbarmherzig. Und – man weiß gar nicht wie – mit einem Mal ist das knochenbleiche Häufchen Sand im unteren Behälter doch schon deutlich angewachsen. Und

Sand rieselt immer weiter nach von oben. Körnchen für Körnchen. Ganz einfach der Schwerkraft folgend. Und dann – ganz plötzlich – ist der Zeitpunkt da, an dem der Sand im unteren Häufchen schon deutlich größer zu werden beginnt wie der verbliebene Rest im oberen Glas. Und mit einem Mal geht alles ganz schnell. Als hätte die Zeit einen Zahn zugelegt ... Schon bildet sich eine Kuhle im Sand des oberen Segments, eine Ahnung des Grabes. Ein Mahlstrom entsteht. Der Strudel dreht sich von rechts nach links, wie es sich für die nördliche Hemisphäre des Planeten geziemt. Immer schneller. Wirbelnd. Das hauchdünne Sandfähnchen in der Mitte scheint davonzuwehen. Dann nur noch ein paar Körner. Countdown ins Nichts – fünf, vier, drei, zwei, eins, Aus!

Und da liegen sie alle. Schön auf einem Haufen. Ein richtiges Massengrab. Das eine oder andere Körnchen rieselt noch ein wenig nach. Dann ist Schluss. Endpunkt. Ankunft. Ruhe.

Die Stille lastete nicht länger auf ihm. Auch nicht mehr die immerwährende Nacht, die Kälte und der unendliche Fall. Es war gut so, wie es war. Alles in bester Ordnung, in geradezu kosmischer Harmonie, sozusagen. Darein konnte man sich fügen. Ein gewisser Weg wurde zurückgelegt, eine gewisse Zeit abgelebt. Jetzt gab es keine Gewissheiten mehr, denen nachgejagt werden müsste, keine Grenzen mehr. Es gab nur einen Weg.

Warum sollte er ein Ende machen? Er hatte sich längst getötet, hatte doch schon, was jeder Selbstmörder sich ersehnt: verweht in der Zeit, erloschen im Nichts.

Er zögerte nicht länger. Keine Rituale. Er schaltete alle Systeme auf Stand-by und deaktivierte den nutzlosen Autopiloten. Entschlossen gab er den Countdown ein, schloss die Schleuse hinter sich und machte sich auf den Weg. Er zwängte sich durch die enge Röhre, die in die Null-G-Kammer im Zentrum des Schiffes führte und verriegelte das Schott. Die Beleuchtung erlosch. Mit den Händen umfasste er seine Knie und schloss die Augen, tauchte zufrieden in die warme Dunkelheit ein. Er schwebte. Schwerelos.

* Sternenkind *

KLIMA2050
ZUKÜNFTE
LITERATURWETTBEWERB

»Literatur existiert, um Bedeutungen zu schaffen.«
Kim Stanley Robinson

Wir freuen uns über Erzählungen, Gedichte, (kurze) Graphic Novels rund um die Themen Klima und Zukunft.

Ein Literaturwettbewerb für Kinder und Jugendliche bis 18 Jahren sowie für Erwachsene.

Weitere Informationen zu KLIMAZUKÜNFTE 2050 und die Teilnahmebedingungen unter:

www.klimazukuenfte2050.de

🅕 *@klimazukuenfte2050*

🅘 *@klimazukuenfte2050*

🅣 *@klimazukuenfte*